Tuomas Kyrö
DER GRANTIGE

TUOMAS KYRÖ

DER GRANTIGE

Roman

Aus dem Finnischen von Stefan Moster

List

Die Originalausgabe erschien 2010
unter dem Titel *Mielensäpahoittaja*
bei Werner Söderström Osakeyhtiö, Helsinki

Die Übersetzung wurde gefördert von
FILI Finnish Literature Exchange

FINNISH
LITERATURE
EXCHANGE

MIX
Papier aus verantwortungsvollen Quellen
FSC® C014496

List ist ein Verlag
der Ullstein Buchverlage GmbH

ISBN: 978-3-471-35153-6

Umschlaggestaltung: Rudolf Linn, Köln,
unter Verwendung einer Vorlage von
© Mika Tuominen / WSOY
Umschlagmotiv (Pelzmütze): © Peter van Bagh
Gesetzt aus der Quadraat
Satz: L42 AG, Berlin
Druck und Bindearbeiten: GGP Media GmbH, Pößneck
Printed in Germany

I

SALZ GEGEN SCHNEE

Ich bin ja so grantig geworden, weil es in der Nacht geschneit hat. Wie soll ich mit meiner Hüfte vor der Garage Schnee schippen? Im Nachbarort hat eine neue Bankfiliale aufgemacht, da hätte ich um elf Uhr sein müssen, aber hab ich es vielleicht rechtzeitig geschafft? Ja von wegen.

Wie solide eine Bank ist, merkst du schon bei der Eröffnung, und zwar am Kaffee und an den Stückchen dazu. Gibt es alte Hefewecken ohne Hagelzucker, wirst du sofort skeptisch. Und wenn sie Torte und Kaffeesahne hinstellen, weißt du, dass diese Filiale garantiert irgendwann wegen Verschwendung den Bach runtergeht, weil da wieder mal junge Männer dumme Entscheidungen getroffen haben. Mein Geld darf nur von einer Bank verwahrt und vermehrt werden, wo der Kaffee aus der Mokkamaster-Maschine kommt, wo es Vollmilch gibt und ofenfrischen

Hefezopf. Bieten sie dazu auch noch was Salziges an, Karelische Piroggen oder Eintopf, kann es durchaus sein, dass ich ein zweites Konto aufmache: für das Geld, das mein Wald abwirft.

Ich hätte ja den Yrjänä gefragt, ob er mich mitnimmt, aber der Yrjänä ist tot. Seit '46 waren wir die besten Freunde, und man darf mich ruhig fragen, ob ich sonst noch Freunde habe. Nein, habe ich nicht, weil ich keine brauche. Ich hatte den Yrjänä und ich hatte meine Frau, die jetzt im Heim wohnt und von dort auch nicht mehr zurückkommt. So ist das im Leben, du wirst von einem Abschnitt in den nächsten gejagt, ob du willst oder nicht.

Mein einziger Freund Yrjänä jedenfalls hatte eine Vergrößerung in der Lunge, aber noch größer war sein Herz. Ich bin ja eher engherzig, ich beschwer mich lieber.

Dreiundsiebzig Jahre lang habe ich mich kein einziges Mal beschwert. Aber dann untersucht mich der Doktor vom Kopf bis zu den Zehen und von außen nach innen und sagt, wenn ich meine Lebensgewohnheiten nicht ändere, kann es passieren, dass die Adern verstopfen und dem Blut der Weg zum Herz abgeschnitten wird. Er wollte mir die schweren Fette aus dem Essen streichen, zugunsten von Salat und mehr Bewegung, aber ich weiß, wo die Verstopfung herkommt. Die kommt daher, dass man nicht sagt, was man denkt und was einem aufs Gemüt schlägt. Wenn sich alles im Kopf staut, passt irgendwann nichts mehr rein. Dann geht zwangsläufig was in die Adern und Gelenke.

Da habe ich dann angefangen, mich ordentlich zu beschweren. Und? Sind die Werte seitdem in Ordnung? Jawohl. Dreizehn Jahre lang habe ich meiner Frau und dem Yrjänä mein Herz ausgeschüttet, aber jetzt schreibe ich Leserbriefe. Zuerst spreche ich alles auf Band, dann setze ich es auf Papier.

Ich hab aus dem Fenster geguckt, ob der Schnee schon in der Sonne schmilzt, aber nein. Zuerst schneit es zwanzig Jahre lang gar nicht, so dass die Kinder vergessen, was Skifahren ist, wie Rohre zufrieren oder wie man eine Schneeballschlacht macht. Und wenn man sich dann allmählich an die grauen Bäume und den Regen gewöhnt hat, schlägt der Winter doch wieder zu.

Ich hab meinen Sohn angerufen, ob er vor der Garage räumen kann, aber er hat behauptet, er wohnt zu weit weg. Dabei sind dreihundertfünfzig Kilometer heutzutage doch gar nichts mehr, in zwei Stunden hat man das erledigt, und unterwegs kann man Radio hören, den Erkki Pälli, die Iiris Mattila oder den einen jungen Kerl da, diesen Heikki Holopainen. Mein Sohn hat vorgeschlagen, dass ich jemanden fürs Schneeschippen bezahle. Aber was ein Mann ist, der macht so etwas nicht. Dann hat mein Sohn gesagt, ich soll ein Taxi in den Nachbarort nehmen. Das wird mir ein teurer Gratiskaffee, wenn ich mich im Mercedes zur Bank chauffieren lasse. Ich sag ja: Wie man's macht.

P.S.: Ich hab mir vom Supermarkt eine Palette Salz liefern lassen. Wenn sie mit so was die Autobahn frei halten, wird man damit ja wohl noch eine Garageneinfahrt schneefrei kriegen. Hat auch geklappt. Bloß hatte ich vergessen, dass ich am Vorabend schlau genug war, den Ford auf der Straße stehen zu lassen.

BRUST-FÜTTERUNG

Ich bin ja so grantig geworden, als ich gestern im Supermarkt war. Ganz selten geh ich da mal rein, die verkaufen schrumpeligen Lachs und alles musst du in der Familienpackung kaufen, obwohl ein Zehntel reichen würde.

Jedenfalls habe ich mir gestern dort trotzdem zwei Liter Buttermilch geholt, weil es der einzige Supermarkt in der Gegend ist, der seine Milchprodukte aus Molkereien in Mittelfinnland bezieht. Die anderen verkaufen Sachen, die sind aus der Milch von Kühen aus der Stadt oder aus Estland gemacht, und das schmeckt man, sage ich euch. Richtig schlecht sind die.

Nach dem Einkaufen habe ich mich in der Empfangshalle hinter den Kassen hingesetzt und ein Tässchen Kaffee aus der Thermoskanne getrunken. Von da aus hat man einen Blick auf die Fußgängerzone, und was kann man da als Mensch in wenigen Minuten nicht alles sehen! Mein Vater hat wahrscheinlich in seinem ganzen Leben nicht so viele und so komische Gestalten zu Gesicht gekriegt, wie die Ansammlung von letzten Dingen, die ich mir da angucken musste. Im Café gegenüber saß schon mal gleich eine junge Mutter, die ihrem Kind die Brust gab. Vor aller Augen! Und das Kleine hat ordentlich reingehauen.

Ich weiß, wie man das nennt. Das nennt man *natürlich*.

Jetzt versucht aber die Menschheit seit Tausenden von Jahren, von so unmittelbar natürlichem Treiben wie Blutrache und Kacken im Freien loszukommen, was soll das also mit dem Stillen? Am liebsten wäre ich sofort heimgefahren und dort ein bisschen in meiner Garage herumgestanden.

Ich kam aber nicht dazu, weil neben der Stillenden jemand saß und zu einem anderen, den ich nicht sehen konnte, etwas sagte, und dann führte ein Wachmann die Frau auf die Straße. Ja, und ich weiß nicht, ob das jetzt richtig war. In meiner Jugend hat es in jedem Dorf einen oder zwei gegeben, bei denen es im Kopf nicht ganz gestimmt hat, denen hat man dann eine Hilfsarbeit gegeben und einen Teller hingestellt. Das war Nervenbehandlung der billigen und guten Art. Einer – Hefe-Hanski wurde der genannt – hat sogar lesen gelernt.

Vor lauter Zugucken bekam ich Durst. Also bin ich in ebendiese Cafeteria und habe um ein Glas Wasser gebeten, aber die wollten Geld dafür haben. Da bin ich ja so grantig geworden. Schließlich hatte ich mit meinen Steuern das Leitungswasser schon bezahlt. Es ist nämlich vollkommen egal, ob sich der Wasserhahn hinter einer Theke befindet oder in meiner Küche, sage ich euch. Das ist Steuerwasser, das ist ein Bürgerrecht! Es gehört zu den guten Seiten der Sozialdemokratie, genau wie dieser sympathische Doktor in unserem Ärztezentrum, dieser Ilmari Kivinkinen.

Daheim habe ich meinen Sohn angerufen. Er meinte, ich hätte Geld genug, um für einen Becher Wasser zu bezahlen. Bei so einer laschen Einstellung musste ich erst mal ein bisschen die Daumenschrauben anziehen. Warum ist das so? Warum habe ich Geld genug und er nicht? Eben weil ich für einen Becher Wasser nichts bezahle! Ich zahle nie ohne Grund für etwas. Wenn immer schwadroniert wird, man soll sein Geld aus dem Fenster werfen, damit die Wirtschaft floriert, ist das die größte Lüge, die es gibt, und pure Verantwortungslosigkeit. Es ist wirklich nicht schwer, auf den Kontoauszug zu gucken und darüber nachzudenken, wann man mehr Geld auf dem Konto hat: wenn man nichts anrührt oder wenn man alles zum Fenster rausschmeißt, als wäre man der Besitzer von mehreren Vergnügungsdampfern.

Der Anfang allen Reichtums ist das Sonderangebot. Und nichts zu kaufen ist der Eckstein jeder Erbschaft, auch der meines Sohnes. Es wurmt mich allerdings schon ein bisschen, Leuten etwas zu hinterlassen, die bloß Rechte kennen und keine Pflichten und die nie mal richtig grantig werden.

P.S.: Ich habe eine Liste aufgestellt, wo man stillen darf, weil ich den Müttern ein bisschen entgegenkommen will. Am Badestrand darf man es von mir aus, weil dort sowieso alle so gut wie nackt rumlaufen und ich da nie hingehe. Im Viehstall darf man es auch, weil das der wahre Ort zum Stillen ist. Und im Freien darf man es bei mehr als fünfundzwanzig Grad, mit anderen Worten bei Hitze.

DIE SCHLANGE

Ich bin ja so grantig geworden, als ich mein Rezept erneuern lassen musste. Da gibt es zwei Schlangen. In der einen steht man vor dem Apparat an, an dem man sich eine Nummer zieht, und in der anderen steht man dann in der Reihenfolge an, in der man die Nummern gezogen hat. Schon damals, kurz vor Mittsommer sechsundsiebzig, als die Zettel mit den Wartenummern aufkamen, leuchtete mir das ein.

Was ist daran so schwer? Warum müssen sich manche grundsätzlich falsch in die Schlange stellen und auf den Knöpfen herumdrücken wie am Spielautomaten? Und dann schnellere Bedienung verlangen, weil sie es eilig haben? Als hätten es die anderen nicht eilig. Jeder auf dieser Welt hat seine Zeit und seinen Platz und seine Nummer in der Schlange, und wollt ihr wissen, was das Resultat von Drängelei ist? Ja, ihr wollt es wissen. Das Resultat ist Anarchismus.

Die Kommunisten haben gewusst, wie man Schlange steht, auch wenn sie sonst alles falsch gemacht haben, vor allem bei den Häusern. Ich war mal mit dem Yrjänä in Leningrad, da haben sie einfach Backstein auf Backstein gesetzt, ohne Isolierung, ohne Fundament.

Und es hakt nicht nur bei der Schlange in der Apotheke.

Am Geldautomaten graben sie ewig in der Handtasche oder grölen lautstark mit ihren Kumpels herum. Dann lassen sie sich die Geheimzahl auf der Zunge zergehen, obwohl die kommen müsste wie aus der Pistole geschossen. Und zum Schluss wird jede einzelne Karte in jedem einzelnen Schlitz ausprobiert.

Mir passieren da keine Fehler, weil ich übe. Ich will nämlich nicht nur selbst nicht grantig werden, sondern auch keine anderen grantig machen. Darum habe ich in meiner Werkstatt einen Geldautomaten aus Pappe nachgebaut. Damit bleibe ich in Übung, weil ich ja nicht mehr als einmal im Monat was am richtigen Apparat zu suchen habe. Ich hebe ab, was ich in vier Wochen brauche, und wenn gegen Ende des Monats das Geld ausgeht, gibt es halt Haferflocken und Kartoffeln aus eigener Ernte.

Und dann erst die Eisenbahn!

Ich hatte es gut gemeint, als ich mit der Bahn zu meinem Bruder nach Vantaa fuhr, Stadtteil Koivukylä. Aber das mache ich nicht mehr, nie mehr. Die Leute kapieren ja nicht mal, dass man erst aus- und dann einsteigt. Die drängen mit Gewalt genau da hin, wo garantiert keiner mehr reinpasst, als wäre es der letzte Zug auf der ganzen Welt.

Wenn ein Mensch nicht Schlange stehen kann, ist sein ganzes Leben ein einziges Gezappel und Gedrängel. Ein solcher Mensch glaubt, dass er schneller vorwärtskommt, aber in Wahrheit hält er bloß die anderen auf. So ist das und nicht anders.

Nicht dass man mich falsch versteht. Die Jugend ist nicht blöd. Der Nachbarsbub zum Beispiel, der mir den Satelliten-Resiefer angeschlossen hat. Der konnte sogar die Bedienungsanleitung in drei Sprachen lesen. Wenn der mir helfen würde, eine Firma zu gründen, dann würde ich eine Anstehschule aufmachen. Und da würde ich meine Schüler alles so oft wiederholen lassen, bis es sitzt.

P.S.: Heute Morgen musste ich Fleischwurst kaufen, weil sie im Angebot war. Zweiundzwanzig Kilometer bin ich gefahren, bei einem durchschnittlichen Spritverbrauch von 4,3 Liter. Bei der Turnhalle verlaufen die Fahrspuren so komisch, dass ich auf einmal in der Autoschlange von diesem Hamburgerlokal gelandet bin. Und ich muss sagen, die sieht vernünftig aus. Da gibt es keine Drängelei. Und warum nicht? Weil das Auto breit ist und die Fahrspur schmal. Warum kann man das nicht bei allen Schlangen machen? Schlangenspuren aus Beton, gerade mal so breit wie ein Mensch. Bevor man was kauft, muss man sich entscheiden, was, und dann kriegt man die Sachen und die Medikamente und die Lebensmittel fertig eingepackt in einer Tüte. Außerdem hätte jeder die Pflicht, vorher das Geld passend abzuzählen, oder es gäbe Rabatt für abgezähltes Geld. Aber wäre es dann noch abgezählt, wenn davon fünf Prozent abgehen?

ZWIST

Ich bin ja so grantig geworden, weil sich alle gegenseitig grantig machen. Da quengeln und lästern erwachsene Menschen, schubsen sich und schmollen, trinken, und zum Schluss wird dann geheult. Wenn nicht gleich von Anfang an. Dann wird darüber in der Abendzeitung geschrieben, und das ganze Land nimmt am Zwist zwischen zwei fremden Personen teil. Dabei hätte alles mit Reden geklärt werden können, so wie immer im Leben.

Ich selbst habe das in meinen ersten sechzig Lebensjahren auch nicht verstanden. Fürs Reden habe ich noch immer nicht viel mehr übrig als für Muskelkater, aber in bestimmten Situationen muss es sein. Dann kann man es nicht aufschieben. Das Gleiche gilt für den Zahnarzt und den Keilriemenwechsel am Auto.

Im Herbst neunundsechzig machte sich zwischen mir und meiner Frau unangenehme Stille breit, als sie mich wegen einem Fummel fragte, ob der nicht wunderbar wäre. Ich konnte darauf nicht so antworten, wie sie es gern gehabt hätte. Stattdessen war ich ehrlich und sagte, es sieht eher nach einem unbequemen Kleidungsstück aus, das beim Waschen eingeht. Das gefiel ihr nicht, am Abend spülte sie das Geschirr, dass es nur so schepperte.

Oder als die Kinder im schwierigen Alter waren, da konnte ich schon mal auf die Idee kommen, einen neuen Holzschuppen zu bauen. Meine Frau kümmerte sich um die Bälger, und ich sägte, hobelte und nagelte. Am Abend waren wir dann müde und gereizt.

Eine Zeitlang versuchte ich es anstatt mit Reden mit anderen Problemlösungsmethoden: Ich ging Holz hacken, wenn es mit meiner Frau zu atmosphärischen Spannungen kam. Solang ich mich erinnern kann, wollte sie, dass ich mehr rede. So etwas ärgert einen jungen Mann. Reicht es nicht, dass man ein Haus baut, sich um Grund und Boden kümmert und seinen Lohn verdient?

Nein, es reicht nicht. Auch nicht, dass man bei der Forstarbeit seinem Pferd ein paar tiefsinnigere Sachen erzählt.

Aber irgendwie hat sich von dem Unausgesprochenen auch in mir was angesammelt. Und jetzt, wo ich ab und zu Lust hätte, über dies und das zu quasseln, ist keiner mehr da, mit dem ich es könnte. Da bleibt mir nichts anderes übrig, als an die Zeitung zu schreiben.

Streiten ist einfach sinnlos und doch tun es die Menschen ständig. In meinem Alter möchte man sich keinen Streitereien mehr aussetzen, und darum schaue ich mir keine Wahldiskussionen im Fernsehen an. Staaten und Männer und Frauen zanken sich. Je näher sich die Menschen stehen, desto hässlicher geht es aus. Da vergeudet man seine Kräfte, da prallen gemeinsame Sachen aufeinander, die eigentlich nebeneinander hergehen müssten. Oder die man auf einen Lastschlitten packen sollte, um sie dann gemeinsam zu ziehen. Ich habe mit meiner Frau nie lange im Streit liegen können, meistens blieb es bei weniger als einem Jahr. Mit meinem Nachbarn Kolehmainen dürfte ich allerdings inzwischen schon ins sechzehnte Jahr gehen.

P.S.: Wenn man es nicht genau weiß oder sich unsicher ist, dann hilft eines immer: eine Nacht drüber schlafen. Der Geist eines Menschen, der gestern noch verzweifelt war, kann am nächsten Morgen schon hell und munter sein und wissen, wo es langgeht.

ZANDER VOM ROST

Ich bin ja so grantig geworden, als ich runter zum See bin, kaum dass er wieder eisfrei war. Wie lange hatte ich darauf gewartet, dass die Fischsaison anfängt, dass es Fischsuppe mit Milch gibt, Kartoffeln rein, ein paar Karotten und Erbsen aus der Dose – ah, ich sag's euch! Den Fang wollte ich mit der Reuse machen. Die hängt den Winter über immer draußen an der Saunawand, eine gute Reuse.

Das Boot ist da gewesen, aber die Reuse? Ja von wegen. Eine gute Reuse, im Juni vierundsechzig bei Paananen gekauft, die Reklame und die Quittung hab ich immer noch, ob du's glaubst oder nicht. Damals waren die Zeitungen noch auf besserem Papier gedruckt, es standen auch bessere Artikel drin, und morgens schmeckte der Kaffee besser. Und du, der du das Utensil gestohlen hast, das einem alten Menschen am wichtigsten ist, du bist ein herzloser

Mensch. Ich habe mich erst einmal wer weiß wie lange auf den kalten Boden setzen müssen, so ist mir das aufs Gemüt geschlagen, und das hat die Prostata überhaupt nicht gern.

Ich hätte sie dir sogar geliehen, wenn du mich darum gebeten hättest, aber so ist das heutzutage. Alles muss man umsonst kriegen, die Reusen und den Fisch. Fertig filetierten Meerfisch aus dem See, stimmt's? Ich weiß nicht, was man da tun soll, sich hinlegen vielleicht.

Fisch ist gut fürs Herz. In unserem See gibt es Zander und Maräne, aber jetzt muss ich in den Ort, mir Tabletten und Becel holen. Und wer bezahlt das alles? Du vielleicht? Ja von wegen. Du lässt dir Arbeitslosengeld und Sozialhilfe auszahlen und klaust deiner alten Mutter noch die Brosche und verkaufst sie dann, damit du Geld für dein Bier hast. So leicht ist das Leben aber nicht, sage ich dir, dass man von einer kostenlosen Reuse und dem Boot vom Nachbarn leben könnte, man muss sich schon selber eine Arbeit suchen, und beharrlich muss man sein.

Im Fernsehen sieht man, was in der Stadt heutzutage für ein Leben geführt wird. Ohne Sinn und Verstand und Bestimmung – den Menschen fehlt es an der Richtung und am Zweck. Kein Wunder, wenn sie das Eigentum der anderen nicht ehren und nichts vom Genossenschaftsgeist verstehen. Die schlurfen bloß durch die Gegend, gehen nicht zum Militär und lassen sich lange Haare wachsen.

Reusendieb, ich hoffe, du kommst zur Besinnung und bereust, was du getan hast! Dann können wir uns über eine angemessene Entschädigung unterhalten. Du könntest mir zum Beispiel vom Supermarkt Räucherschinken und die Fernsehzeitung mitbringen. Die haben das Zeitschriftenregal umgeräumt, da muss man jetzt von der Männerkonfektion aus rechts und nicht links gehen. Aber wenn innerhalb von drei Tagen die Reuse samt Schinken und Zeitung nicht wieder da ist, wo sie hingehört, ruf ich den Reijo an. Der ist Polizist. Der hat letzten Sommer die Einbruchserie in den Ferienhäusern aufgeklärt, und ich halte es für sehr wahrscheinlich, dass du, Reusendieb, auch damit etwas zu tun hast.

P.S.: Ich hab die Reuse im See gefunden, drüben vor der Halbinsel. Da hatte ich sie im Herbst vergessen, aber das befreit dich nicht von deiner Schuld. Irgendwo hat mit Sicherheit irgendwer irgendwem die Reuse gestohlen, oder jemand überlegt sich gerade, ob er dem wehrlosen Menschen da drüben die Reuse stehlen soll. Es kann auch das Zubehör fürs Fliegenfischen sein oder der Rasenmäher. Dem Vilho Mäntymaa haben sie mitten in der Nacht dreiundsiebzig Hohlblocksteine vom Grundstück gestohlen. Das ist eine wichtige Angelegenheit, da muss etwas unternommen werden. Wo ist der Gemeinschaftsgeist von früher geblieben? Wofür gehe ich denn wählen? Wofür hab ich die Zeitung abonniert? Ich hätte durchaus Besseres zu tun, als so was hier zu schreiben. Gleich kommt die Ziehung der Lottozahlen.

TATSCH-GERÄTE

Ich bin ja so grantig geworden, weil alle nur auf ihr Telefon schauen anstatt auf die Menschen.

Heutzutage schläft die Jugend in der Schule und ist nächtelang wach, weil im Weltweiten Informationsnetz das zweite Leben vor sich geht. Die leeren Limonadenflaschen zurückzubringen gilt denen schon als Arbeit. Die Flaschen, zwischen denen sie sich am Morgen aus dem Bett schleppen, um dann am Küchentisch ein Gesicht zu ziehen.

Wissen und Apparate sollte man getrennt halten.

Ich vertraue den EDV-Geräten nicht. Der Bleistift ist nicht von ungefähr erfunden worden.

Früher wurde das wichtige Wissen auf Papier festgehalten und dann im Banktresor verstaut. Vielleicht hat man einen Kohlepapierdurchschlag gemacht, der in ein anderes Fach kam. Heute passt alles Wissen der Welt, ob Fotos, Zeitungen oder Banken, in etwas rein, das der Mensch nicht sehen kann. Die Jugend guckt sich samstags auf dem Telefon an, wie andere tanzen und hört Jee-jee-Musik, wann immer sie will.

Es ist, wie es ist: Es ist falsch.

Die Halbstarken heute wissen gar nicht mehr, was der Unterschied zwischen einer besonderen und einer gewöhnlichen Zeit ist. Das haben die EDV-Geräte angerichtet.

Früher war es etwas Besonderes, wenn man nach Feierabend das Radio einschalten konnte. Eine Dreiviertelstunde lang hat man zugehört, dann kam der Schlaf. Aber jetzt ist schon ein Sechsjähriger die ganze Zeit mit allem und jedem verbunden, bald auch mit der Zukunft. Dann kann man schon am Embryo sehen, ob es mal ein gewiefter Geiger wird oder ob die Stärken mehr beim Korbball liegen oder beim empathisch-sympathischen Zuhören. Wenn sich gar keine Talente finden, müssen die Eltern sich überlegen, ob so einer überhaupt auf der Welt zurechtkommt.

Die Jugend hat vom Aufwachen bis zum Einschlafen mehr Freizeit als genug. Aber wissen die Halbstarken, was sie mit sich anfangen sollen, wenn mal der Strom ausfällt? Hat der Staat alles im Sicherheitsspeicher, was in der EDV versteckt ist? Gibt es Fachmänner? Sind Zimmermänner, Pferdekenner, Brunnenbohrer und Männer, die wissen, wie man Isolierungen aus Moos macht, vorhanden, wenn der Industrie der Brennstoff ausgeht oder die Chinesen sagen, jetzt haben wir keine Lust mehr, euch mit Kleidern und Maschinen auszustaffieren? Macht euren Kram selbst.

Von jetzt an ernähren und bekleiden wir unsere eigenen Leute, die seit mehreren Generationen für euch die ganzen Sachen hergestellt haben.

Unseren Weizen verkaufen wir ins Ausland, weil wir denken, wir kriegen vom Ausland genug Tiefkühlpizza und gefrorene Fischwürfel. Öl wird in der Hoffnung verbraucht, dass bald das Solarzellenauto die Landstraßen erobert. Vieh gibt es nur noch auf riesigen Weiden irgendwo im uruguayanischen Argentinien, weil es angeblich billiger ist, es dort zu halten als in Nummi-Pusula. So eine Welt wollen heutzutage genau die Leute, für die wir eine ganz und gar andere Welt gewollt haben. In der Beziehung sind Generationen immer dumm. Sie ziehen nie an einem Strang, stattdessen sind bei allen die Wünsche und die Träume groß, aber an den Rudern wird in die entgegengesetzte Richtung gezerrt. So dreht man sich im Kreis. Die Kartei ist eine brauchbare Art der Speicherung. Mir selbst haben noch immer die unbeschriebenen Seiten der Postreklame genügt, auf denen kann man ohne weiteres eine Skizze für ein Lagerregal oder ein Haus zeichnen. Der beste Speicher ist das eigene Gedächtnis.

Wenn man alles aus der EDV holt, graben die Menschen nicht mehr im Gedächtnis und sie werden dumm. Wenn die EDV abstürzt, dann stürzen auch die Menschen ab, weil sie keinen Halt mehr haben. Ohne Navi kennen sie keine Orte, ohne Fernsehserien keine Gefühle mehr. So ist das Leben des Menschen heute, im Jahr zweitausend und ... wie viel noch mal? Viel auf jeden Fall, tut mir leid.

P.S.: Es wird nur noch auf das kleine Gerät und das Licht darin gestiert, statt dass man dem Gesprächspartner in die Augen schaut. Wenn man sich über etwas einigt, braucht man nicht mehr als einen gemeinsamen Blick und einen anständigen Händedruck, aber so etwas gerät in Vergessenheit, weil es heutzutage reicht, zu tatschen und zu wischen. Und das Vertrauen in den anderen endet sofort, wenn einem eine schlaffe, schweißige Hand gereicht wird wie ein toter Fisch.

VANILLE-
ESKIMO

Ich bin ja so grantig geworden, weil so ein Rucksackdoktor im Gesundheitszentrum war. So ein Lümmel mit Pferdeschwanz, in Jeans und Turnschuhen, hat sich Notizen auf dem Computer gemacht und nicht auf Papier, so wie früher der Ilmari Kivinkinen. Wollte mir wegen der Bakterien nicht die Hand geben, aber seine Klamotten waren schon dreckig, als er sie gekauft hat. Ja, die Zeiten haben sich geändert, früher durfte und musste man als Kind Feldarbeit machen, aber doch nicht so lange, bis man Arzt war.

Natürlich ist er nicht aufgestanden, als ich reingekommen bin, und natürlich hat er mich geduzt. Und das nicht mal richtig. Also, was haste, hat er gefragt. Kannste sagen, wo es weh tut.

Wie kann einer einen so schwierigen Beruf beherrschen, wenn er nicht mal die finnische Sprache samt Grammatik beherrscht? Ich hab die ganze Zeit nichts gesagt, sondern nur gefragt, wann der Kivinkinen wiederkommt, hoffentlich bald.

Nicht dass ich unter einem Mangel an Respekt oder Wertschätzung leiden würde. Deswegen muss ich mich nicht siezen lassen. Mich stört das Duzen, weil man zu einem Menschen erst du sagt, wenn man ihn kennt. Ich kenne den Pferdeschwanz aber nicht und habe auch kein Bedürfnis, ihn kennenzulernen. Unnötig, sich näherkommen zu wollen, als man muss. Wie meine Schwiegertochter, die mich immer umarmen will, wenn man sich sieht. Meiner Meinung nach gehören Umarmungen ins Schlafzimmer, in der Öffentlichkeit sind sie peinlich.

Mich duzen diejenigen, die mich richtig kennen, sprich drei meiner sechs Kinder, meine Frau, solange sie noch sprechen konnte, der Yrjänä, bevor er gestorben ist, und der Kannen-Lipasti, der den Töpferkurs gegeben hat, dieser lustige Kerl, der hat bei mir Sonderrechte.

Ich bin mit Taxi-Gutscheinen hin- und zurückgefahren, weil man auf dem Parkplatz vorm Gesundheitszentrum leicht in einen Blechunfall verwickelt wird und das Ausfüllen der Versicherungsformulare wegen meinen Augen so ein Akt ist. Der Taxifahrer hatte zwischendurch zwei andere Fahrten, also ging ich zum See, um dort zu warten. Da stand ein Eishäuschen, und ich überlegte mir, ob ich nicht zwei Münzen für ein Eis auf den Kopf hauen soll. Jawohl. Nach so einer schauerlichen Erfahrung darf man sich schon mal einen Vanille-Eskimo am Stiel leisten, der den Regeln der Vernunft entspricht und weder was die Größe, die Süße noch die reingestopfte Schokolade betrifft übers Ziel hinausschießt.

Ich hab mich angestellt, und als ich drankam, wäre mir fast das Geld aus der Hand gefallen. Die Verkäuferin war nämlich alles andere als ein Mädchen aus unserem Dorf. Die kam wahrscheinlich direkt aus dem Kongo oder aus Äthiopien, dem Heimatland von Miruts Yifter. Aber trotzdem kratzte die das Eis mit leichtem Handgelenk aus der Wanne. Ich bezweifle, dass man in Äthiopien Eis isst. Eis war bestimmt nicht das Erste, was sie sich mit dem Geld gekauft haben, das ich bei der Hungersnotsammlung 1983 gespendet habe.

Ich sprach das Mädchen in unserer zweiten Landessprache an, von der ich ein paar Wörter beherrsche, aber sie sagte, sie spricht leider kein Schwedisch. Sie wäre aus Puropaju und würde sich erst nächstes Jahr im Gymnasium näher mit Sprachen befassen. Da wusste ich erst mal nicht, was ich sagen sollte. Was darf es für Sie sein?, fragte sie. Ich wunderte mich gewaltig, so wie damals, als die Elster ins Entlüftungsrohr der Toilette geflogen war, aber diesmal führte es dazu, dass ich keinen Vanille-Eskimo am Stiel, sondern drei Kugeln in der Waffel nahm. Ich versuchte, das Ganze zusammenzuhalten und sagte zu dem Mädchen, es soll Sprachen lernen und dann als Ärztin ins Gesundheitszentrum gehen, weil dort heutzutage keiner mehr Finnisch kann.

P.S.: Habe im Lexikon nachgeschaut. Die Nachbarländer von Äthiopien sind: Sudan, Eritrea, Djibouti, Somalia und Kenia.

DIE ZIGARETTE

Ich bin ja so grantig geworden, als ich heute Morgen die Zeitung lesen musste. Da sind diese Kulturseiten drin, wo normalerweise sowieso nur Artikel von der falschen Sorte stehen, aber diesmal ist mir ein Bild ins Auge gesprungen, bei dem mir der Morgenbrei im Hals stecken geblieben ist. Nein, da ging es nicht um die Theateraufführung vom *Unbekannten Soldaten*, bei der junge Männer Waschmaschinen zertrümmern, dass der Schweiß und der Rotz nur so spritzen. Das finde ich ja noch ganz amüsant und außerdem zutreffend, wenn man bedenkt, wie oft wir bei unserer Cylinda schon die Trommel wechseln mussten. In dem Sommer, als das Atomkraftwerk da drüben explodierte, stand bei uns der ganze Keller unter Wasser. Ich war da gerade mit meiner Frau im Urlaub am Saimaa, im Sommerhaus von meinem Bruder. Der ist Schornsteinfeger.

Jedenfalls sah man auf diesem Bild in der Zeitung drei schnurrbärtige Männer Zigaretten rauchen. An dem Aschenbecher, der vor ihnen stand, konnte man sehen, dass die Burschen auch vorher schon schwer gepafft hatten. Das Bild gehörte zu einer Filmkritik, und die drei waren Gauner aus dem Film.

Wenn Kinder so ein Bild sehen, geht das nicht gut aus. Die verschwinden um die nächste Ecke und lassen sich Schnurrbärte stehen, dann sehen sie älter aus und können sich am Kiosk Zigaretten kaufen. Dann fangen sie an, Steinchen zu kicken, in die Gegend zu spucken und große Töne von sich zu geben.

So geht es aus, weil es bei mir so ausgegangen ist. Ich hatte mir ein Beispiel an meinem Bruder genommen, an dem, der Schornsteinfeger ist und damals älter war als ich. Ich hatte geglaubt, es ist pfiffiger, nur auf dem Hinterrad zu fahren und dabei zu qualmen. Mit zwölf fing ich an, und vorletzten Sommer hörte ich auf. Ich sah mir gerade die fünfzig Kilometer am Holmenkollen an, und weil nix passierte, schaute ich auf die Zigarettenschachtel und beschloss im selben Moment, dass es das jetzt war.

Hat man eine Schachtel Belmond in der Tasche, kommen als Nächstes Streichhölzer dazu, ein Toto-Zettel und Kaugummis, damit Mama und Papa die Zigaretten nicht riechen. Dann geht es mit dem Kaffeetrinken los, weil wann schmeckt eine Zigarette besser als zum Kaffee? Nie. Als Nächstes wird in der Pause kein Fußball mehr gespielt, weil es bequemer ist, in der

Unterführung zu stehen und zu qualmen. Dann stinken die Finger und der Seifenverbrauch nimmt zu, der allerdings sowieso zunimmt, weil alle nur noch die flüssige kaufen, die man achtzehn Mal schneller aufbraucht als die am Stück. Das kam neulich in *Der Königskonsument*, und das ist immerhin eine richtige Fernsehsendung.

Als Nächstes verpasst man den Bus, weil die Zeit so schön vergeht, wenn man paffend an der Haltestelle herumlungert. Dann erkältet man sich, weil man zu dürftig angezogen aus den modernen überheizten Häusern und Lokalen ins Freie geht und die Schachtel aus der Brusttasche zieht. Wenn man allein wäre, ginge es ja noch, aber da stößt man dann auf wer weiß was für Volk. Da kann es durchaus passieren, dass man in eine völlig falsche Ehe gerät und ganz andere Kinder kriegt, als man ursprünglich gewollt hat, sprich eine völlig andere Zukunft, als es der Fall gewesen wäre, wenn man nicht geraucht hätte. Oder du. Oder ich.

Ich hab mal ausgerechnet, wie viele Stunden meines Lebens ich rauchend vor unserer Garage gestanden oder mich unter die Dunstabzugshaube geduckt habe. Mehrere Jahre. Hätte ich die Zeit zum Ausruhen benutzt, wäre ich nie müde gewesen, und hätte ich stattdessen die Ärmel hochgekrempelt, wäre ein ordentliches Sommerhäuschen dabei herausgekommen.

P.S.: Ich habe den Filmproduzenten angerufen. Es hat sich nur der Anrufbeantworter gemeldet, ich habe meine Vorschläge aufs Band diktieren müssen, also was man statt Zigaretten alles im Film verwenden kann. Lakritze fällt einem natürlich als Erstes ein, aber man könnte auch ein Glas Milch trinken.

ZWEI PACKUNGEN

Ich bin ja so grantig geworden, als es wieder mal dieses Sonderangebot gab, bei dem man nur zwei Packungen pro Haushalt kaufen darf. Woher wissen die im Geschäft, wer zum selben Haushalt gehört? Genauso gut können Mann und Frau und Kinder sich in unterschiedliche Schlangen stellen und jeder zwei kaufen. Da passen die Packungen dann nicht mal mehr in den Kofferraum vom Kombi. Und der Herr Vater grinst in seinen Bart, von wegen, was hab ich den Händler wieder schön ausgetrickst, wie viele Euro hab ich gespart, dafür kann ich mir jetzt Bratwürste mit Knoblauch kaufen und anschließend auf den Gartengrill legen.

Würden Kinder Kaffee trinken, dürften sie auch welchen kaufen. Aber die trinken Cola, und wenn man ihnen einen Strohhalm gibt, sind schnell zehn Flaschen Zitronenlimo weg. Sonst wehren sie sich mit Händen und Füßen gegen Hustensaft und Buttermilch und Dünnbier, aber mit Strohhalm kriegen sie sogar Sojasoße runter.

Vielleicht müsste man Kindern doch das Kaffeetrinken beibringen, weil sie morgens immer so müde sind. Auch die Tochter von meinem Sohn, die Älteste von den dreien, beschwert sich immer, weil sie so furchtbar früh aufstehen muss, wenn man um acht an ihre Tür klopft. Dann lässt sie den Kopf hängen und überlegt, ob sie vier oder fünf Löffel Zucker über ihre Flocken streuen soll. Als ich in dem Alter war, gab es keine Flocken, da gab es Roggengrütze. Es gab auch keinen Zucker, als ich fünfzehn war. Es gab Preiselbeeren. Und es gab mit fünfzehn keine Ferien, sondern eine dritte Arbeit beim Baumstämme Flößen.

Und warum ist es eigentlich immer *Festtags-Mokka*, von dem man nur zwei pro Haushalt kriegt? Könnte es nicht auch *Präsident* sein, wo die Verpackung noch mehr glänzt und knistert. Wenn man den den Gästen anbietet, denken sie, der muss gespart haben, der lebt gut, wenn er sich *Präsidenten*-Kaffee leisten kann. Dabei wäre das nicht mal der Fall, sondern es würden bloß dreißig Packungen pro Haushalt in der Kammer liegen.

Und wieso sind eigentlich die grob gemahlenen für den Kessel und die fein gemahlenen für den Filter genau gleich verpackt? Warum hat man uns in den siebziger Jahren verführt, Maschinen anzuschaffen, wo man in der gleichen Zeit die bessere Plörre im Kessel kocht?

Und was bedeutet es, wenn es heißt: nicht für den Einzelhandel? Haben die Angst, dass die Einzelhändler mit ihren Familien nach und nach alle Packungen aufkaufen, sich von Kasse zu Kasse schlawinern und den Kaffee aus dem Supermarkt bei sich teurer verkaufen? Seid ihr da oben in der Führung von *Prisma* und *Citymarket* alle aus Helsinki oder einfach sonst Idioten?

Und wenn ein Einzelhändler die zwei Packungen für seinen eigenen Haushalt kaufen will? Darf der das dann nicht?

Was passiert, wenn der Einzelhändler erwischt wird? Woran erkennt man einen Einzelhändler? Haben die lange Mäntel und einen scheelen Blick? Ich kenne zum Beispiel den Unski Pentikäinen, der ist Einzelhändler und ein ehrlicher Kerl, auch wenn er freitags schon mal vier Bier trinkt.

An nichts mehr hat man seine Freude.

P.S.: Ich habe einen Körnigkeitstest gemacht. Habe Kesselkaffee in die Maschine und Maschinenkaffee in den Kessel getan. Einen Unterschied habe ich nicht festgestellt. Ihr verkauft dasselbe Zeug, führt aber gutgläubige Leute hinters Licht. Ich habe deswegen eine Postkarte an *Der Königskonsument* geschickt, die dürfen kommen und die Packungen gründlicher untersuchen. Ich vermute, dass alles aus derselben Mühle stammt und der teure Kaffee bloß in Tüten abgefüllt wird, die anders aussehen. Am meisten verdient in der modernen Welt die Aufkleberfabrik, die verschiedene Produktmarken an die Firma verkauft, die ein und denselben Kaffee oder meinetwegen Satelliten-Resiefer herstellt.

DER ENTWÄSSERUNGS-GRABEN

Ich bin ja so grantig geworden, als sie im Radio gesagt haben, turnen hilft gegen Rückenschmerzen, unabhängig vom Alter. Von wegen. Es hilft nicht. Kaum bin ich wach, tut es überall weh, abgesehen davon, dass ich seltener wach werden muss, weil ich ums Verrecken nicht einschlafen kann.

Aber das macht nichts.

Wenn man so viele Schubkarren geschoben hat wie ich, wäre es ja ein Wunder, wenn der Rücken nicht weh tun würde. Wenn man einen Linienbus gefahren ist und von Geburt an schief ist und Verschleiß hat, dann wäre es erst recht ein Wunder. Vor dem Krieg wurden keine Rücken gerichtet und auch keine Zähne, solange sie einigermaßen gerade im Mund saßen. Die Probleme der damaligen Zeit waren der Expansionswille des östlichen Nachbarn, Kinderlähmung und Unterernährung, sprich der verdammte Hunger.

Heutzutage werden Lösungen für alles angeboten und gebraucht, obwohl es auf der Welt Sachen gibt, die man nun einmal nicht lösen kann, wie zum Beispiel, dass alles Neue irgendwann alt wird. Bei einem Menschen in meinem Alter ist der Körper halt in dem Zustand, in dem er ist und Punkt. Das andere sind die Augen. Seit Jahren treibt mich der Doktor zur Operation, er behauptet, das wird mit örtlicher Betäubung gemacht und danach sieht man wie ein Zwanzigjähriger. Aber das will ich nicht. Die Tage sind leichter zu ertragen, wenn man schlechter sieht.

Und nicht nur den Menschen wollen sie renovieren, sondern auch die Bauten.

Eines Tages klingelte es an der Tür, und ein Kerl von einer Baufirma wollte von mir wissen, ob an meinem Haus die Abwassergräben in Ordnung wären. Dieses Haus wurde seinerzeit auf Sand und am Hang gebaut, und der Baumeister war der Meinung gewesen, dass man deswegen keine Abwassergräben braucht.

Da fing der Kerl an, von kapillarem Wasseranstieg und wer weiß was allem zu reden. Dass man Kies und Noppenmatten braucht. Dass die Mauerwerksabdichtung in wer weiß wie schlechtem Zustand sein kann.

Ich fragte ihn, ob er von seinem Kopf redet, weil der nämlich einen Wasserschaden zu haben schien, so schleimig, wie ihm die Haare am Schädel klebten. Von mir aus können sie die heutigen Häuser machen, wie sie wollen, aber mein Haus ist vor sechzig Jahren gebaut worden, und eine so lange Zeit sieht man einem Haus und einem Menschen eben an. Danke für das Angebot, aber nein danke.

Der Kerl gab nicht auf, sondern erklärte, sie würden alles in zwei, drei Tagen machen, aus Materialien von hoher Qualität und mit niedrigen Kosten. Anschließend könnten sie drinnen weitermachen und Dämmplatten und Isolation einbauen.

Meiner Meinung nach hatte ich schon nein gesagt. Wenn ich ein neues Haus will, kaufe ich mir eins. Aber neue Häuser sind fürchterlich. Da wälzen Maschinen die Luft um, und morgens kriegt man den Mund nicht auf. Da ist es so trocken wie bei einem Vortragsabend mit Gedichten.

Der Kerl war zäh wie Leder. Er guckte sich das Dach an und schlaumeierte, das Dach wäre bei einem Haus die dritte Fassade und dieses Exemplar hier wäre am Ende seiner technischen Nutzungsdauer angekommen. Als wüsste ich das nicht selbst. Ich kann die Rückwand meines Lebens nicht nur sehen, ich kann sie sogar greifen. Auf dem Dachboden gibt es bestimmte Stellen, wo es bei Sturzregen und bei der Schneeschmelze reintropfen kann. Da stehen Töpfe und Joghurtbecher drunter. Wenn meine Erben eine Generalrenovierung machen wollen, dann machen sie das, aber wie ich die kenne, werden die natürlich bloß das Grundstück verkaufen.

P.S.: Ich konnte dem Kerl meinen Rasenmäher verkaufen. Ich dachte mir nämlich, ich lasse für den Rest meines Lebens das Gras wachsen, da kommen mehr Schmetterlinge.

DIE DURCHSCHNITTLICHE GESCHWINDIGKEIT

Ich bin ja so grantig geworden, als du, du … Mensch mich viel zu dicht überholt hast mit deinem Audi, der so breit ist wie die ganze Straße. Mir ist ein Stein gegen die Windschutzscheibe geflogen, und das war kein Bröckchen, das war ein Brocken. Jetzt wird der Sprung immer größer, und ich kann abends nicht einschlafen, weil ich mich die ganze Zeit frage, ob die Scheibe am nächsten Morgen komplett kaputt ist. Wie weit senkt das den Wiederverkaufswert? Dringt Feuchtigkeit ein? Denken die Leute auf dem Parkplatz vorm Geschäft, ich hätte Mist gebaut?

Und ist es vielleicht billig, das zu reparieren? Wird das mit Klebeband oder mit Uhu geflickt, damit man die Straße wieder einen Kilometer weit vor sich sieht? Nein, so läuft das nicht. Ich habe Angebote eingeholt – es ist teuer. Zwischen vierzig und sechzig Euro allein das Flicken. Weißt du, wie viel das in alten Finnmark ist? Weißt du, was die Finnmark ist und wie um die gekämpft wurde, wie viel dafür gearbeitet, Rente einbezahlt und gespart worden ist? Weißt du, was es kostet, beim Lizenzhändler die ganze Windschutzscheibe austauschen zu lassen?

Habe ich mir dein Nummernschild notiert? Natürlich nicht, weil du in Richtung Jämsä abgebogen bist. Bist du ein anständiger Mensch, der seinen Fehler eingesteht, sich mit mir in Verbindung setzt und wiedergutmacht, was er getan hat? Ich habe da meine Zweifel.

Ich halte mich grundsätzlich an die Geschwindigkeitsbegrenzung. Die liegt bei achtzig. Ich wiederhole: bei achtzig. Nicht bei neunundachtzig und nicht bei einundneunzig. Ich weiß schon, was ihr jetzt denkt und was für Gegendarstellungen ihr formuliert, ihr denkt, da kriecht so ein Ford Escort, an dem muss ich schnell vorbei, weil es mir pressiert, zum nächsten Pressieren zu kommen.

Aber jetzt legt ihr mal schön den Stift aus der Hand und hört mir zu.

Wenn sich hinter mir eine Schlange bildet, dann nicht weil ich zu langsam fahre, sondern weil ihr zu schnell fahrt. Wenn man sich an die Geschwindigkeitsbegrenzung hält, hat man Zeit, die Landschaft zu betrachten, die Reifen machen nicht so einen Krach, so dass man die Nachrichten, den Seewetterbericht und die Natursendung verstehen kann. Da brauchst du gar nicht zu schnauben, du geisteskranker Überholer. Ich habe dich gesehen, ich habe deine persönlichen Kennzeichen, und morgen gehe ich auf die Gemeinde und sehe mir die Zulassungen an.

Überholer haben eine falsche Vorstellung vom Auto. Das Auto ist ein Verkehrsmittel und keine Wohnung und kein Büro. Da wird nicht telefoniert und an den Musikgeräten rumgespielt, wo ihr sowieso nichts für Akkordeonmusik übrighabt, sondern nur für dieses Gepiepse. Ihr schminkt euch die Gesichter, die von der Schminke auch nicht besser werden, oder ihr schminkt Gesichter, die es gar nicht nötig haben. Ihr zündet euch Zigaretten an, von denen man, nebenbei gesagt, auch stirbt, ihr trinkt am Lenkrad Kaffee, obwohl es dafür den Küchentisch gibt und die Frau, die ihn brüht. Aber habt ihr überhaupt Frau und Mann? Natürlich nicht, weil ihr sie ständig wechselt, ihr könnt ja keine Ruhe geben, weil ihr immer darauf hofft, dass noch was Besseres kommt.

Ich sage euch:

Es kommt nicht.

Das Erste ist immer das Beste. Ob Auto, Frau oder Musik.

P.S.: Die Polizei will keine Ermittlungen einleiten. Hat angeblich Besseres zu tun. Dazu sage ich nur, dass ich erschüttert bin. Gegen Risse im Gebälk soll man im Anfangsstadium etwas unternehmen, sonst bricht irgendwann das ganze Gesellschaftssystem zusammen. Ja, so ist das. Wäre Paasikivi noch Präsident, würden sie so lange ermitteln, bis sie den Täter hätten.

KÜMMERN WIR UNS UM UNSERE EIGENEN ANGELEGENHEITEN

Ich bin ja so grantig geworden, als am Valentinstag eine Karte von meiner Schwiegertochter kam. Mit lauter Firlefanz und Glitzerschrift vorne drauf, und innen stand, »lieber Opa, alles gute zum Valentinstag«. So was ist ja schön, und die selbstgemalten Buchstaben von den Kindern haben mich gefreut, obwohl sie nicht auf der Linie geblieben sind. Heutzutage darf man ja Linkshänder sein, ohne dass es einem vorgeworfen und man gezwungen wird, sich umzustellen. Das ist eine gute Entwicklung.

Aber der Valentinstag ist eine Lüge, und im Leben soll man nach der Wahrheit streben. Ich bin mit meiner Schwiegertochter nicht befreundet, ich bin ihr Schwiegervater. Sie soll sich ein bisschen vor mir fürchten und mich nicht jedes Mal umarmen, wenn wir uns einmal im Jahr sehen. Und ich bin auch nicht der Freund der Kinder, sondern ihr Opa. Auch sie dürfen sich ein bisschen vor mir fürchten und mich ein bisschen länger angucken, von wegen: Das ist aber ein weiser Mann. Bei dem setze ich mich auf den Schoß, aber ich lasse ihn die Nachrichten gucken und quengele nicht, er soll auf die Kinderstunde umschalten, so wie ich es bei der Mama tue. Genau so muss sich ein Kind benehmen.

Stattdessen behaupten sie, sie mögen kein Rosinenkompott, dabei mag das jeder, weil es keinen besseren Nachtisch gibt. Das älteste Kind isst kein Fleisch, aber auch kein Wurzelgemüse. Wie oft habe ich ihm Steckrüben und Kartoffeln aus der eigenen Erde vorgesetzt, aber nein, obwohl ich vorher die Soße abgekratzt hatte.

Ich habe in meinem Leben genau einen Freund gehabt, den Yrjänä. Dann gab es von der Arbeit her ein paar Kameraden, wie den Suikki Nisula und den Teppo Hurri, mit dem ich allerdings seit der Olympiade von Barcelona keinen Kontakt mehr habe. Er war beim Schwimmen für Jani Sievinen und ich für Antti Kasvio. Mich hat der Vater vom Sievinen immer so grantig gemacht, dieser Esa Sievinen, der einem mit seinen Pausbackenmuskeln im Fernsehen immer so auf die Pelle rückt. Hurri fand den Kasvio zu still und zu unfreundlich. Dabei war er schüchtern, und in dem Fall ist es besser, still zu sein, als etwas anderes darzustellen, als man ist. Von da an habe ich dann beschlossen, dem Hurri zu zeigen, was still und unfreundlich heißt.

Der Valentinstag wurde in Amerika erfunden. Dort stehen Wolkenkratzer, in denen auf hundert Stockwerken darüber nachgedacht wird, wie man den Leuten am besten das Portemonnaie leert. In genau solchen Häusern werden auch die größten Schurken ausgebildet, solche wie Al Kapohne oder bei uns der Volvo-Markkanen und der Raivo Roosna. Wenn die sich etwas ausdenken, mit dem man den Leuten das Geld abknöpfen kann, dann liegt es am nächsten Tag in jedem R-Kiosk und in jedem Prisma-Supermarkt, dass sich die Regale biegen, und alle Frauen und Kinder und alle Männer, die im Spiegel gucken, wie ihre Haare aussehen, wollen es kaufen.

Ich schlage stattdessen vor, einen Wir-kümmern-uns-um-unsere-eigenen-Angelegenheiten-Tag einzuführen. Dann schicken wir dem Nachbarn, den Verwandten, den Hausierern, dem Volvo-Markkanen, dem Telefonverkäufer und der stürmischen Jugend rechtzeitig Karten, oder was das heute nun mal für elektrische Briefe sind. Da stehen dann die Tage drauf, an denen man gar nicht erst versuchen soll, anzuklopfen – also alle. Zwecklos, anzurufen oder zu winken oder einen mit dem Vornamen anzureden, obwohl man sich garantiert noch nie begegnet ist. Und das Gleiche umgekehrt: Ich lasse dich in Ruhe, wenn du mich in Ruhe lässt. Ich habe vor, dafür EU-Gelder zu beantragen.

P.S.: Den Töchtern meines Sohnes habe ich einen Brief geschickt. Mit fünf Euro für jede und ein paar Artikeln, die ich aus der Zeitung ausgeschnitten habe, zum Thema: Wie man nach dem Winter sein Fahrrad überholt. Mein Sohn bringt denen das nämlich garantiert nicht bei. Und meine Schwiegertochter habe ich ein bisschen verbessert: Bei »alles Gute« schreibt man das Gute groß. Ich werde ja so grantig, wenn eindeutige Regeln von niemandem mehr befolgt werden, sei es beim Schlangestehen oder bei der Rechtschreibung.

DER MANN UND SEINE STIMME

Ich bin ja so grantig geworden, als ich in der Kirche abstimmen sollte. Früher wurde immer in der Volksschule gewählt, aber die musste natürlich abgerissen werden, nachdem sie alle Kinder und Erwachsenen in die Stadt vertrieben hatten. Danach war sie noch zwölf Jahre lang als Baracke gut genug gewesen, in der man sein Kreuzchen auf dem Wahlschein macht beziehungsweise die Nummer seines Kandidaten einträgt. Ich schreibe mir meine Nummer immer auf. Siebenundsechzig, neunzehn, hundertzweiundzwanzig und hundertsechsundzwanzig. Am zufriedensten war ich mit der Neunzehn, die war drei Mal in den Nachrichten und hat dafür gesorgt, dass bei uns die Fähre über den See immer noch verkehrt. Die letzte, die Hundertsechsundzwanzig, habe ich schwer bereut, die war nie in den Nachrichten, und wenn sie in der Zeitung stand, dann weil sie so oft bei den Sitzungen gefehlt und nie eine Meinung hatte. Ich stimmte für sie, weil ich mich an ihre Leistungen bei den Mittsommerspielen in den sechziger Jahren erinnert habe und dachte, wer ein guter Läufer über dreitausend Hindernis ist, der ist auch ein guter Parlamentarier. Aber er ist schlecht. Geht nicht ans Telefon, antwortet nicht auf Postkarten, ja nicht einmal auf Leserbriefe. Anstatt mich zu vertreten, blamierte er sich mit meinem Geld und meinem Mandat in einer Witz-Quiz-Sendung dermaßen, dass ich mich eine Woche lang nicht unter die Leute traute.

Diesmal habe ich keine Nummer auf dem Zettel eingetragen, sondern alles aufgeschrieben, was einen Bürger grantig macht. Zum Beispiel, dass man mit dem Taxi zum Wahllokal fährt und zurück. Was kostet das? Könnte das Taxi nicht einfach den Schein bringen und wieder abholen?

Ein Wahlhelfer kam zu mir hinter den Vorhang und fragte mich, ob alles in Ordnung ist. Na klar, ich hatte ja die Thermoskanne und belegte Brote dabei, und die Gedanken sind nur so gesprudelt.

Inzwischen bin ich so alt, dass vier Jahre im Voraus allmählich eine zu lange Zeit sind. Es spielt keine so große Rolle mehr, was da für Entscheidungen getroffen werden, aber ein paar Forderungen habe ich, und die habe ich auch auf den Zettel geschrieben. Erstens: dass erwachsene Männer, wenn sie in der Politik sind, nicht mit dem Handy Nachrichten an irgendwelche Flittchen schicken. Gebt euer Telefon her, wenn ihr nicht wisst, wie man es benutzt! Und den Alkoholikern unter euch sollte man als Erstes den Wermut in den Ausguss schütten.

Wer wegen ein paar Zitzen durchdreht, dem empfehle ich einen Besuch auf der Landwirtschaftsausstellung oder in den Cafés in der Stadt, die von Müttern bevorzugt werden, da sieht man dann den Melkvorgang und versteht die eigentliche Bedeutung von Zitzen. Die besteht nämlich nicht darin, einem erwachsenen Mann den Kopf zu verdrehen, sondern kleine Kinder zu ernähren.

Zweitens: Wenn einem nicht zum Lächeln ist, muss man auch nicht lächeln. Dies vor allem als Hinweis an die weiblichen Volksvertreter. Ich glaube euch mehr, wenn ihr den Gesichtsausdruck stabil haltet. Drittens: Erhöht die Steuern, sofort und auf alles, das Leben ist nämlich für alle viel zu leicht! Es gibt Mikrowellen, Familienautos, Rasenmäher zum Draufsetzen und Urlaubsgeld. Die reinste Verrücktheit, einem Menschen für den Urlaub Geld zu geben, weil der Mensch im Urlaub ja nicht arbeitet. Wenn der Mensch aber arbeitet, kann er nicht im Urlaub sein.

Versucht euch zu entscheiden, ihr Entscheidungsträger! Viertens: Verlängert den Zivildienst! Fünftens: Verlängert die Wehrpflicht! Auf zwei Jahre für beide, jeder macht ein Jahr Zivildienst und ein Jahr Wehrdienst. Sechstens: Führt die Mark wieder ein, wenigstens den Fünf- und den Zehnmarkschein, bei den anderen kommt man bloß durcheinander! Und es ist absolut nicht notwendig, dass die Münzen zwei Farben haben.

P.S.: Vor dem Wahllokal war eine Sammlung für einen guten Zweck, an der ich mich vorher schon beteiligt hatte. Natürlich gebe ich nicht zweimal was, aber jetzt glauben alle, dass ich geizig bin und mich nicht um die Notleidenden schere. Doch, es gibt schon eine Menge, was einen grantig machen kann.

DER TUNNEL

Ich bin ja so grantig geworden, als sie nur drei Kilometer von mir entfernt die Autobahn gebaut haben. Früher waren da die Wälder vom Holmala, die Felder vom Gassen-Jaakko und ein unwahrscheinlich gutes Moor für Moltebeeren. Jetzt brennt da Tag und Nacht an einer leeren Kreuzung die Ampel, und sie haben eine Lärmschutzmauer und Bushaltestellen anlegen müssen.

Angeblich ist sie sicher, diese Autobahn. Mit breiterer Böschung, aber was nützt das, wenn die Autos Jahr für Jahr breiter werden, als die Straßen sind. Und wenn die Jugend zweihundert fährt, ist das nichts anderes als die pure Gefahr.

Angeblich ist sie auch schnell, die Autobahn. Da frage ich mich: Wie kann eine Straße schnell sein? Autobahn, Viehweg und Trampelpfad bewegen sich im gleichen Tempo. Nämlich überhaupt nicht. Die bleiben, wo sie sind, die Straßen. Der Mensch bewegt sich und das Auto.

Kein Mensch kann es zur Arbeit oder in die Wirtschaft so eilig haben, dass man für eine Million eine neue Straße bauen muss. Ich kann mich allerdings an Situationen erinnern, in denen man echten Grund hatte, sich zu beeilen.

Im Jahr vierundvierzig auf der Karelischen Landenge, als die Russen uns alle umbringen wollten. Im Jahr zweiundfünfzig in der Entbindungsklinik, als unser Nesthäkchen Anstalten machte, zu früh auf die Welt zu kommen. Bei der Übertragung der zehntausend Meter in München, als wir noch keinen Empfänger hatten, aber der Yrjänä. Unser Datsun sprang nicht an, und ich musste rennen. Zwölf Kilometer, schneller als Lasse Virén, und zwar ohne hinzufallen.

Wegen der Flughörnchen haben sie Tunnel für die Autos gebaut, aber jetzt habe ich gelesen, dass man darin nicht anhalten darf. Man muss so schnell durchfahren, wie es der Motor erlaubt. Warum kann es keinen Gehweg in dem Tunnel geben? Dann würden endlich auch mal die Fußgänger trocken bleiben. Da bohren sie ein Riesenloch in den Felsen, schleifen ihn ab und verputzen ihn, aber nutzen es dann nicht richtig aus. Es könnte Bingo, Tennis oder auch Schulunterricht darin stattfinden. Was haben die ganzen Schulen, die sie in unserer Gegend zugemacht haben, gekostet im Vergleich zur Autobahn? So gut wie nichts. In der Schule verbringt man neun Jahre, über die Autobahn fährt man in einer halben Stunde.

Und dann die fliegenden Nager.

Ich wohne hier ein ganzes Menschenleben und hab noch kein einziges Flughörnchen gesehen. Normale Eichhörnchen gibt es in Hülle und Fülle, aber werden für die vielleicht Tunnel oder Überführungen gebaut? Ja von wegen. Wenn ein Eichhörnchen die Straße überqueren will, muss es zwischen die Autos rennen und beten, auch wenn die Eichkatzen kaum einen Gott haben werden.

Schwer hat es das Eichhörnchen im Vergleich zu seinem fliegenden Vetter, der für sein Leben eine Staatsbürgschaft besitzt. Und wieso reicht es denen eigentlich nicht, dass sie auf jeden Baum klettern und Gott weiß wie weit springen können, was muss man da noch fliegen?

Hand hoch, wer schon mal ein Flughörnchen gesehen hat. Der Flatternager ist eine Erfindung der Phantasie, so wie der Schneemensch, der Supermann oder das Krokodil. Alles nur für die Nachrichten erfunden.

Die alte Straße war länger und in einem schlechteren Zustand, mit Kurven und Schlaglöchern. Darum angeblich gefährlich, obwohl sie genau deswegen sicher war. Ist eine Straße miserabel genug, kapiert auch die Jugend, dass man besser langsam fährt, weil sie Angst um ihr Leben hat und nicht bloß vor der Radarfalle. Der Frostschaden ist die natürliche Geschwindigkeitsbeschränkung.

Ich fahre die alte Straße so lange, wie der Arzt mir erlaubt, mich ans Lenkrad zu setzen. Die neue werde ich nur ein einziges Mal benutzen, und zwar auf meiner letzten Fahrt, in einem schwarzen Volvo, im Kofferraum, im auf antik gebeizten Sarg.

P.S.: Ich habe mir das Eichhörnchen im Tierbuch mal genauer angesehen. Das ist nichts anderes als eine Ratte mit buschigem Schwanz und überhaupt nicht goldig.

BIS UNTER DEN KERBEL

Ich bin ja so grantig geworden, als der Doktor gesagt hat, für mein Alter hätte ich eine eiserne Kondition. Seine Theorie lautet, dass mich die 25-Kilometer-Skilangläufe in Form halten, wenn sie mich nicht vorher umbringen. Er hat gesagt, wenn ich nur noch auf dem Sofa sitze und warte, steht bald der Sensenmann hinter mir.

Ich laufe aber nicht wegen der Gesundheit Ski, sondern weil es im Wald schön ist, und weil der Mensch nicht so fürchterlich viel nachdenkt, wenn er schwitzt.

Natürlich ist er mir wieder mit Margarine und dem ganzen Zeug gekommen. Ich habe gesagt: Halt, sag nichts mehr, jetzt rede ich. Und ich habe geredet: Alles hat seine Zeit, vor allem der Mensch, in beide Richtungen. Man soll dieses Leben nicht mutwillig durch Alkohol, Arbeit oder Zügellosigkeit verkürzen, aber meiner Erfahrung nach soll man es auch nicht übermäßig in die Länge ziehen. Könnte man nicht das richtige Maß des Lebens respektieren, anstatt es maximal zu verlängern? Der Arzt hat behauptet, er respektiert, hütet, schützt und verteidigt das Leben immer mit allen Mitteln, die ihm zur Verfügung stehen.

Aber das ist ja der Fehler, dass die heutige Medizin so verdammt viele Mittel kennt. Das Leben ist kostbar, aber nicht so kostbar, dass ich anfange, jede einzelne Kalorie zu zählen, Karottensaft zu trinken und mich mit Leuten, die halb so alt sind wie ich, in der Turnstunde abzuzappeln.

Ich war mit achtzehn an der Front, und dort sah ich schwerverwundete Burschen in meinem Alter, die gern den nächsten Tag erlebt hätten, es aber nicht durften. Die baten um einen Tag und bekamen nicht mal den. Unsereiner hat genügend Tage gekriegt, viele Leben. Ich habe getan, was zu tun war und gesehen, was zu sehen ist, jetzt habe ich manchmal schon das Gefühl, dass sich alles wiederholt. Wenn ich morgens aufwache, weiß ich nicht immer, ob es heute oder gestern ist.

Der Arzt hat gemeint, ich wäre deprimiert. Meiner Meinung nach habe ich so munter geklungen wie schon lange nicht mehr. Ich habe gesagt, mit den Tagen des Lebens ist es wie mit der Weltwirtschaft. Wenn man zu habgierig ist, haben andere darunter zu leiden.

Dann war die Zeit um, und er nahm als Nächstes einen im Vorschulalter dran, der eine Ohrenentzündung hatte. Das ist eine teuflische Krankheit, hält die ganze Familie wach, tut widerlich weh, und das Aufstechen erst recht. Zum Glück wird das heutzutage mit Antibiotika behandelt.

Ich hab dann noch meine Frau besucht. Die Schwester mit den schwarzen Haaren hat sie im Speisesaal am Fensterplatz gefüttert. Ich hab sie fertigkleckern lassen, das Essen ist ihr aus den Mundwinkeln rausgelaufen und ihr Kopf hat gezittert, aber morgens ist sie immer ganz in dieser Welt, und dann ist es wichtig, dass die Haare gemacht sind, falls ich sie besuchen komme. Ich weiß nicht, ob sie mich für so alt hält, wie ich bin oder für so alt wie damals, als wir uns kennenlernten, mit dreiundzwanzig.

Ich habe den Nachtisch übernommen, Johannisbeergrütze. Ich weiß, was meine Frau zu mir sagen würde, wenn sie es könnte. Sie würde sagen, jetzt musst du tun, was du nicht getan hast, als unsere Buben klein waren. Da hast du dich gewundert, wieso es immer so unordentlich im Haus ist.

Ich weiß, dass meine Frau an den Himmel glaubt. Ich glaube nicht, dass die Reise von hier aus weiter als bis unter den Kerbel führt. Aber beides sind gute Varianten, denn dann tut nichts mehr weh und man ist nicht auf andere angewiesen.

Wer von uns beiden als Erstes eingeschlafen ist, weiß ich nicht, aber die Schwester hat mich geweckt und gesagt, meine Frau wäre in ihr Bett gebracht worden und ich könnte die Nacht im Gästebereich verbringen, wenn ich wollte.

P.S.: Die Bäume haben Blätter gekriegt.

MITHILFE, MISTGABEL UND MISCHMEHL

Ich bin ja so grantig geworden, als ich die Post aus dem Briefkasten geholt hab. Nichts als Reklame. Glaubt mir endlich, dass ich im Winter Lachs und Salzkartoffeln aus dem Laden esse. Im Sommer esse ich den Fisch, der aus dem See kommt, normalerweise Zander, und dazu Butterkartoffeln. Ich esse einfach keine Pizza und brauche keine Hilfe in Kreditangelegenheiten und will auch nicht in heißen Ländern Urlaub machen. Die Pizza-Reklame kann man ja noch verstehen und billigen, das ist ein lokaler Unternehmer, der grüßt mich, wenn er mich sieht. Aber was soll ich mit den dreihundertseitigen Büchern von internationalen Firmen, aus denen man sich die ganze Welt bestellen kann?

Ich habe sie von vorne bis hinten durchgelesen. Nach dem ersten Zorn haben mir die modernen Menschen nur noch leidgetan. Müssen die sich wirklich im Geschäft solche Kommoden und wackligen Hocker kaufen, können sie die nicht selbst machen? Die zahlen hundertdreißig Euro an einen Händler, der die Einzelteile für die Möbel für drei Euro in China eingekauft hat. Das Zusammenbauen muss man selbst übernehmen, und was nach Holz aussieht, ist Plastik. Also ich versteh das nicht.

Ich habe ein bisschen gerechnet, und es ist so: Um jeden Finnen herum stehen auf einem Quadratkilometer so viele Bäume, dass dieser Finne sich daraus ein Haus und die Möbel dafür bauen und Holz zum Heizen hacken könnte, und danach würde immer noch genug für ein Grillhäuschen übrig bleiben, falls einem so was gefällt. Mein ganzes Haus hat damals mit Sicherheit nicht mehr gekostet als zum Beispiel die Polstergarnitur auf Seite c76.

Alle haben geholfen. Der Yrjänä hat die Leute zusammengetrommelt, weil ich das nicht so gut kann, obwohl ich nicht knickerig bin. In der Fleischsuppe war jedenfalls genügend Fleisch drin.

Aber weil man heute alles kaufen kann, ist das Prinzip Mithilfe in Vergessenheit geraten. Darum lernen die Leute ihre Nachbarn nicht mehr kennen, sondern haben Angst vor ihnen, verdächtigen sie und reden hintenherum schlecht über sie. Aber ich sage, das ist falsch. Man muss wissen, was Mithilfe, Mistgabel und Mischmehl ist. Bei der Mithilfe helfe ich auch dem, den ich nicht leiden kann, weil der am nächsten Tag dann mir hilft.

Ich habe meinen Sohn angerufen und ihm gesagt, wie es ist. Seiner Meinung nach lebt man heute anders. Man traut sich, man selbst zu sein. Man darf sich aussuchen, mit wem man sich abgibt und kann auf gesunde Art egoistisch sein.

Da muss man schon mal fragen, was gewesen wäre, wenn ich und seine Mutter in unserer Jugend angefangen hätten, uns selbst zu verwirklichen und uns Leute gesucht hätten, die genau wie wir gewesen wären und mit uns bis früh am Morgen auf der Veranda herumgegammelt und Gitarre gespielt hätten. Da hat man gearbeitet, Städte, Straßen und Kulturhäuser gebaut, nur damit die Nachkommen sich darin über uns und unsere Lebensgewohnheiten lustig machen können. Mein Sohn hat gesagt, ich soll mich nicht aufregen. Ich soll mich hinlegen.

Aber ich habe mich nicht hingelegt. Ich wollte noch über diesen Kauf-nix-Tag reden, von dem auch eine Reklame gekommen war. Wäre ich ein Mann mit leichtfertigerer Natur, hätte ich gelacht, weil ich ja sowieso ein Kauf-nix-Leben führe. Das hat nichts mit Ideologie oder was Grünem zu tun, sondern damit, dass es richtig ist. Im Jahr achtundfünfzig habe ich einmal an einer Tankstelle in Mäntsälä was Überflüssiges gekauft, eine Flasche Colagetränk. Schmeckte nach Hustensaft mit Kohlensäure, und ich wäre am liebsten den ganzen Urlaub über grantig mit meiner Frau und den Buben gewesen, obwohl ich ja selbst schuld war.

Mein Sohn hat gesagt, er muss jetzt aufhören, weil er den Kindern Essen machen muss.

P.S.: Aus reiner Boshaftigkeit habe ich mir eine Pizza bestellt. Das ist feuchtes Brot mit Tomaten drauf, die vom Sommer schlapp geworden sind. War nicht schlecht.

MINUTEN AUF DEM LINEAL

Ich bin ja so grantig geworden, als ich auf der Treppe zum Saunahäuschen hinfiel. Mehr als zwei Tage lag ich da, denn wer soll uns schon besuchen. Ich bekam Hunger und überlegte, ob ich schreien soll. Zum Glück regnete es, da hatte ich zu trinken, aber die schlechte Seite war die Bronchitis, und die Hüfte musste auch neu gemacht werden. Der Schornsteinfeger hat mich gefunden.

In die Bettenabteilung vom Gesundheitszentrum habe ich meine eigene Tüte Salz fürs Essen und für sonstige Notfälle einen Kreuzschlitzschraubenzieher mitgenommen. Mit so einem kommt man weit, wenn auch nicht bis aufs Klo. Da musste man als erwachsener Mann seine Notdurft in eine kalte Ente verrichten, also gefallen hat mir das nicht. Aber ich habe versucht, nicht groß darüber nachzudenken.

Wir hatten auch einen Fernseher, Bettnachbar Koskinen guckte Eishockey und wollte nicht umschalten, obwohl es so klar wie nur was ist, dass ich Mannschaftssport nicht leiden kann. Ich wollte Skilanglauf sehen, und wenn gerade nichts in Direktübertragung kommt, dann halt auf Video, die Apparaturen waren alle vorhanden. Man hätte vom Skiverband Kassetten anfordern können, schließlich hat das Zentrallabor der Gesundheitszentren sogar einen Kooperations- und Hilfsvertrag mit unseren Skilangläufern. Die Siege von Marja-Liisa Kirvesniemi oder Kari Härkönen hätten mich sofort aufgemuntert.

Mein Sohn kam mit einem seiner Mädchen zu Besuch, mit dem, das noch nicht in der Schule ist. Zuerst war das Kind schüchtern, kein Wunder, es hat ja bestimmt nicht gerade nach Rosen gerochen, außerdem hat der Koskinen blutige Hustenanfälle gehabt. Ich ließ das Kind den Hebemechanismus am Bett und die Knöpfe am Radio untersuchen und bat es dann, bei den Tanten Schwestern eine neue Kanne Saft zu holen. Auf die Art fangen die Kleinen nicht an zu quengeln, also wenn man sie selbst was machen lässt.

Eines hat mir allerdings gutgetan, nämlich die Tränensäcke von meinem Sohn. Endlich muss er selbst mal was tun, anstatt die ganze Zeit in der Bücherei herumzusitzen und Sachen zu studieren, mit denen er nie fertig wird. Er hat erzählt, er wäre mit den Kindern daheim, sie hätten sich für diese Lösung entschieden, und da wäre er nachts öfter mal wach.

Ich fragte ihn, wie er mit den Kindern daheim sein kann, wenn er das nicht mal mit sich selbst schafft.

Ob sie ein gemeinsames Projekt hätten. Tapezieren oder ein Spielhäuschen bauen. Er sagte, sie würden es eher ruhig angehen lassen und malen und zwischendurch Kinderstunde gucken.

Warum wird heutzutage so eine große Sache daraus gemacht, wer bei den Kindern ist und wo? Zuerst war das eine Angelegenheit der Frauen, jetzt ist es eine Angelegenheit der Männer, gerade so, als wären sie die erste Generation, die ihre Kinder großziehen darf und muss. Da werden mit dem Lineal die Minuten gemessen, wer dies gemacht hat und wer das, also wer die Maschinen gefüllt hat, die Kleider oder Sachen waschen oder trocknen oder aufwärmen und jetzt anstelle der Menschen die Arbeit machen.

Das heißt doch nichts anderes, als dass sie für das Rechnen zu viel Zeit haben. Wenn meine Frau und ich Zeit zum Zählen hatten, dann abends, wenn wir nachzählten, ob die sechs Bälger im Bett waren. Mein Sohn wollte wissen, was ich zu mosern hätte, seiner Meinung nach gibt es nichts zu mosern, jeder hat sein eigenes Zeitalter.

Schon, aber bei den einen ist es das falsche.

Die Schwester kam und sagte, die Besuchszeit wäre in einer Viertelstunde um. Das Mädchen brachte den Saft und goss auch dem Koskinen davon ein. Sie wollten in meinem Haus übernachten und am nächsten Morgen wieder zu Besuch kommen. Mein Sohn wollte wissen, ob ich was brauche. Nichts außer meinem Haus. Sobald die Füße tragen, werde ich die Station verlassen.

P.S.: Nachts kam im Fernsehen Sumo-Ringen. Also mir gefällt das nicht, wenn man sich so fett werden lässt.

DIE KARTOFFELN IN DIE GARAGE

Ich bin ja so grantig geworden, als es zur braunen Soße Reis gegeben hat. Allein die Kartoffeln, die ich daheim hab, würden ein Jahr lang fürs ganze Gesundheitszentrum reichen. Karotten, dazu Steck- und Saatrüben, und ein paar Steigen rote und schwarze Johannisbeeren in die Gefriertruhe, damit man am Unabhängigkeitstag einen Kuchen backen oder sonntags Grütze kochen kann.

Aber jetzt verschiffen sie Reis aus Gegenden, wo die Leute sowieso schon Hunger haben, und fahren ihn bis vor mich hin, wo ich daheim den Keller voller Kartoffeln hab. Der Reis hat nach Pappendeckel geschmeckt, auch wenn ich noch nie Pappendeckel gegessen habe. Ich habe verlangt, dass der leitende Arzt zu mir ins Zimmer kommt, damit wir das mit dem Essen ein für alle Mal klären. Aber er ist natürlich nicht gekommen, also hab ich alles allein aufgesetzt.

Das Grundgericht soll generell aus Kartoffeln mit brauner Soße bestehen, die je nach Jahreszeit verlängert wird. Eier kriegt man gut aus der Umgebung, und sie sind billig. Knäckebrot kauft man in großen Mengen, es hält sich und füllt den Magen. Butter auf die Seite mit den Löchern, dann schmeckt es ausgezeichnet. An Feiertagen und immer wenn ein Finne beim Skilanglauf gewinnt, könnte es Roggenbrot und eine Scheibe Edamer geben; ein großer Brocken Marke Euroshopper aus dem Supermarkt: vierneunzig das Kilo.

Als Fleisch Hackfleisch, Kamm und Kotelett, ordentlich durchgebraten, am liebsten im Backofen oder in der Gusseisenpfanne. Fisch aus dem hiesigen See oder höchstens aus dem Päijänne. Lachsforelle und Tiefkühlseelachs werden sofort verboten. Die können sie nebenan bei den Norwegern abgeben.

Wenn unters Hühnergeschnetzelte Ananas gemischt wird, so wie es gestern wirklich passierte, ist das nichts als ein Gemenge, sage ich. Nachtisch und Hauptgericht gehören getrennt gemacht und gegessen. Nudeln darf es als Beilage geben und für Kinderpatienten von mir aus auch mit Ketchup, so weit bin ich kompromissbereit.

Man muss sich nämlich mal vor Augen führen, wo wir herkommen. Von der Kartoffel. Ich habe Familienforschung betrieben bis ins 18. Jahrhundert, und seit Kaapo Sottinginpoika ist in diesem Land ein und dieselbe Kartoffelsorte gewachsen. Da geht die Pest nicht dran, und sie hält die Kälte aus. Genau die richtige Menge an Stärke. Darauf muss man wieder zurückgreifen, wenn man erst mal wieder zur Vernunft kommt, statt das Essen anderer Leute von einer Seite der Welt auf die andere zu kutschieren. Oder wenn es schon sein muss, warum verschifft man dann meine Kartoffeln nicht nach Indien oder China und zwingt dort die Patienten im Gesundheitszentrum, sie zu essen?

Das Problem hier ist die Aufbewahrung und die Logistik. Gibt es nämlich nicht. In Krankenhäusern sind die Garagen unter der Erde. Holen wir die Autos doch raus, die sind sowieso bald Geschichte. Stattdessen Kartoffeln und das sonstige Wurzelgemüse rein. Schweine und Kühe aufs Gelände, dann ist auch der Laden hier autark. Und es muss nicht ständig gespart und reduziert und schon gar nicht billig im Ausland gekauft werden, wenn man alles umsonst vom eigenen Grund und Boden kriegt. Die Arbeit von Knecht und Magd könnten Schwestern- und Arztpraktikanten abwechselnd übernehmen. Dann würde die Jugend was lernen und wissen, was sie in den Mund steckt. Je besser man sich um die Viecher kümmert, desto besser wird das Fleisch, und je lockerer der Boden, desto anständiger die Kartoffeln. Im Krankenhaus sind ja ausreichend Kenntnisse und Instrumente fürs Schlachten vorhanden, dann würden sie mal sehen, wie ein Schwein abgestochen wird, anstatt dass sie mit ihrer Gabel vier Löcher in die Folie von ihrem Mikrowellenfraß stechen.

P.S.: Ich habe Koskinen den Entwurf vorgelesen. Er hat behauptet, Reis wäre besser als Kartoffeln. Da werde der Bauch nicht so voll, man fühle sich leichter. Er ist schon länger hier als ich, anscheinend machen sie nach und nach Gehirnwäsche.

WELCHER TAG, WELCHES JAHR

Ich bin ja so grantig geworden, als mein Sohn erzählt hat, er hätte das ganze alte Essen im Kühlschrank weggeworfen. Er liest am Text auf der Verpackung ab, ob was schlecht ist, ich rieche daran und probiere. Schimmel kriegt man leicht mit dem Löffel vom Saft und von der Marmelade runter. Das sind komische Angsthasen heutzutage, müssen mit Helm auf dem Kopf Fahrrad fahren und brauchen private Krankenversicherungen, obwohl sie die gesetzliche schon mit der Steuer bezahlt haben. Die sind ein dummes Volk geworden, ich vermute, das hängt mit der Fußbodenheizung zusammen.

Ich habe meinen Sohn gebeten, mir sofort Ski-Videos zu beschaffen, meinetwegen über den Oberarzt, oder ich höre auf, Steuern zu bezahlen. Ich habe ihn daran erinnert, was ich in Rieders Deitschest gelesen habe, nämlich dass in Amerika ein Mann am puren

Ärger gestorben ist. Oder war es eine Frau? Mein Sohn hat vorgeschlagen, ich und Koskinen sollen abwechselnd gucken, was wir wollen. Koskinen hat gemeint, er wäre hier, um krank zu sein, nicht um Verhandlungen zu führen. Ich hab ihn gefragt, ob er will, dass wir vor die Tür gehen, aber mein Sohn ist dazwischengegangen. Heutzutage schrecken sie ja schon vor einem kleinen Boxkampf zurück und gehen wegen jeder Ohrfeige vor Gericht.

Dann wollte mich mein Sohn unbedingt im Rollstuhl in die Cafeteria im Erdgeschoss fahren. Ich kann mich nicht erinnern, wann ich mich zuletzt dermaßen geschämt habe. Darum habe ich mir zum Schutz das Enkelkind auf den Schoß gesetzt. Seit ich ein Jahr alt war, bin ich auf eigenen Füßen gegangen, habe mir meine eigenen Hosen angezogen und selbst die Richtung bestimmt. Jetzt haben sie mich im Krankenhauspyjama sonst wohin geschoben.

Mein Sohn hat Kaffee geholt. Er nimmt keinen Zucker und hat mir auch keinen mitgebracht. Das Mädchen hat mir dann welchen geholt, das Papier weggemacht, den Zucker in die Tasse fallen lassen und bestimmt hundert Mal umgerührt.

Ich habe meinen Sohn gefragt, ob er mich heute heimfährt oder spätestens morgen. Er hat gesagt, darüber hätte er auch schon mit mir reden wollen. Er hat behauptet, er könnte es nicht mehr riskieren, mich allein wohnen zu lassen. Entweder müsste man was im Dorf suchen oder über ein Pflegeheim nachdenken. Aber so lasse ich nicht mit mir reden. Ich wohne in meinem eigenen Haus und nicht woanders. In ein Mietshaus kriegt mich keiner rein, da hörst du die anderen furzen und wirst ständig bespitzelt. Wenn ich einmal gehe, dann vom eigenen Grund und Boden und mit Stiefeln an den Füßen und mit der Axt in der Hand, oder wenn ich nicht mehr vom Mittagsschlaf aufwache, dann mit einer anständigen Zeitschrift auf der Brust. Und bei der Gedenkfeier werden keine Beileidskarten vorgelesen, sondern Stellen aus der Rubrik »Spreu und Weizen«.

Mein Sohn hat gesagt, er hätte mit dem Arzt gesprochen. Angeblich hat der alle möglichen Erkenntnisse über meine Gesundheit, die ich nicht habe. Die Beine würden nicht mehr mitmachen, der Blutdruck, die künstlichen Gelenke, das Gedächtnis, die Augen, was weiß ich, was nicht alles. Mein Sohn war der Meinung, ich müsste der Realität ins Auge blicken und mir klarmachen, was es heißt, in meinem Alter in einem Einfamilienhaus zu wohnen. Ich habe ihn gefragt, aus was für einer Seniorensendung oder Rentnerzeitung er das hat. Er hat gemeint, ich wäre eine Gefahr für mich selbst.

Denken wir mal kurz nach. Mit dem eigenen Gehirn, mit den eigenen Augen und dem eigenen Gedächtnis.

Wen stört es, wenn ich eine Gefahr für mich selbst bin? Wenn sie mich in ein Pflegeheim bringen, bin ich keine Gefahr mehr für mich selbst, aber ich bin dem Personal lästig. Dreimal dürft ihr raten, ob ich gegenüber der Putzfrau, der Medizinabmesserin, der

Duscherin, dem Ausfahrer mürrisch bin. Ich bin kein Kind, kein Hund und kein Idiot. Ich bin ein Mann. Also hör auf damit.

Dann bin ich vom Rollstuhl aufgestanden und auf eigenen Füßen nach draußen gegangen. Ich habe mir ein Taxi genommen und dem Mann befohlen, mich heimzufahren.

P.S.: Mein Sohn hat das Mädchen nach Hause gebracht, ist aber wieder zurückgekommen. Er schläft im Vorraum und will morgens wissen, welches Jahr und welchen Tag wir haben. Sakrament, ich weiß sogar, wer heute Namenstag hat.

HÄSSLICHE MENSCHEN

Mein Sohn ist ja so grantig geworden, weil ich nicht aus meinem Haus raus will, sondern ihn heimgeschickt habe. Aber er ist ums Verrecken nicht gegangen, bevor wir eine Abmachung getroffen haben. Demnach kommt jeden Mittwoch eine zu mir, um die Medizin abzumessen, um zu kontrollieren, was im Kühlschrank steht, ob ich aufs Klo gehe, ob ich weiß, wie spät es ist und ob die Regulierungsklappen vom Ofen offen sind. Nix als Spitzelei.

Aber das ist eine anständige Frau. Ich quengele nicht, lasse sie ihre Arbeit machen, die Gemeinde zahlt, und ich habe jemanden, bei dem ich mich beschweren kann. Das ist eine vom alten Schlag, die weiß, wie man anpackt, die fragt nicht, sondern macht, hebt schwere Sachen, als wären sie leicht. Außerdem versteht sie mich besser als mein Sohn.

Sie hat sofort kapiert, was ich meine, als ich ihr die Unterschiede in Sachen Sicherheit erklärt habe.

Was würde das nämlich werden, wenn ich in ein fremdes Haus in der Stadt ziehe, in dem ich nicht weiß, welcher Winkel und welche Tür nach welcher Ecke kommt? Hier in meinem eigenen Haus kann ich mit geschlossenen Augen von oben nach unten und von unten in den Keller gehen, die Entfernungen sitzen nicht in den Augen, sondern im Tastsinn und im Gedächtnis. Überflüssig, groß Licht zu machen, das würde man bloß auf der Stromrechnung sehen und man müsste ständig die Birnen wechseln.

Auf dem Land gibt es außerdem keine Einbruchserien, und kein Mensch verirrt sich in Pokerrunden oder Trinkerkreise. Zwar kann es länger dauern, bis Hilfe kommt, aber dafür braucht man sie auch seltener. Allerdings kann man nicht wissen, wie schnell ich mich ans leichte Leben gewöhnen würde, an die Fahrstühle und die Straßen, die von anderen Leuten gekehrt worden sind, auf einmal würde ich vielleicht jeden Tag auswärts essen, mit Frauen herumscharwenzeln, die in den 40er Jahren geboren sind, das für die Kinder und Enkelkinder bestimmte Erbe verkaufen und den Wald verpfänden.

Diese Frau, die wöchentlich zu mir kommt, die ist unverheiratet, aber hässlich. Ich hab genau hingeschaut, wie sie vorgeht: besser als jede andere. Hackt sogar Holz, obwohl das nicht im Vertrag steht. Hässlichkeit ist eine gute Sache, schließlich ist man ja selbst kein Schönling wie Leif Wager.

Das Risiko ist auch geringer, wenn man hinter einer hässlichen Frau her ist anstatt hinter einer schönen. In der Zeitung kann man nachlesen, wie es einem da ergeht.

Das Leben einer hässlichen Frau ist näher am Leben des Mannes dran. Beide müssen leiden und für ihr Auskommen arbeiten und können sich nicht einfach im Tanzlokal den Gespons aussuchen, der am nützlichsten ist. Wer hässlich ist, kriegt nichts umsonst und fix und fertig, sondern muss sich alles selbst verdienen. Einem hässlichen Menschen werden schlimme Sachen gesagt, es wird über ihn gelacht, und man stellt Anforderungen an ihn. Er kriegt nur eine Arbeit, wenn er was kann, er lernt, gemein zu den Gemeinen zu sein. Vor allem aber kann ein hässlicher Mensch Kartoffeln kochen, bis sie gar sind und legt sich nicht für Reis oder Olivenöl ins Zeug. Das kommt daher, dass es einem hässlichen Menschen nichts nützt, wenn er ein dürrer Hecht ist. Hässlich ist er trotzdem.

Gestern hat mich die Hässliche in der Sauna gewaschen. Und weil ich mich weigere, die Krücken vom Gesundheitszentrum zu benutzen, bin ich von unten nicht die Treppe raufgekommen. Die einzige Lösung bestand darin, dass die Hässliche mich trug. Was hab ich mich geschämt. Was hab ich mich sicher gefühlt. Zuletzt hat mich meine Mutter getragen. Oder mein Vater, vor achtzig Jahren.

P.S.: Die Hässliche heißt Raisa. Je öfter sie kommt, desto weniger hässlich ist sie. Die ist eigentlich gar nicht hässlich, die Raisa, sondern richtig schön. Ich, der ich nie träume, habe auf einen Schlag drei Träume mit ihr gehabt. Also, ich verstehe von solchen Empfindungen nichts.

II

DIE BEERENPFLÜCKER

Ich bin ja so grantig geworden, als der Kolehmainen so grantig geworden ist. Seit fünfzig Jahren sind wir Nachbarn, aber ich hab nie gelernt, ihn sympathisch zu finden.

Jetzt droht dem Wald, der zwischen uns liegt, angeblich die gelbe Gefahr, nämlich die Beerenpflücker aus Thailand. Dabei hat der Kolehmainen noch nie eine einzige Beere im Wald gepflückt. Der macht mit dem Wald überhaupt nichts anderes, als alle zehn Jahre ein Stück zu verkaufen und sich ein größeres Auto anzuschaffen.

Preiselbeeren hält der Kolehmainen nicht mal für Beeren. Von den Pilzen kennt er nur den Fliegenpilz und die Büchsenchampignons im Laden. Solchen Männern muss man erst einmal erklären, was eine Beere ist und was es bedeutet, sie zu pflücken:

Beerenpflücken ist etwas Teuflisches. Ich bin mit meiner Frau Hunderte Male in die Beeren gegangen, egal, ob es geregnet oder ob Krieg geherrscht hat. Wir hatten eine klare Richtung, Gummistiefel und jeder einen Eimer in seiner Farbe. Apparate benutze ich grundsätzlich keine, was ein ehrlicher Mann ist, der kommt mit seinen Fingern aus.

Im Wald muss es dann so viele Mücken geben, dass man am liebsten ständig fluchen und wegrennen würde. Die Sonne muss brennen, dass einem heiß unter der Windjacke wird, und die Wasserflasche muss man im Kofferraum vergessen haben. Auf einem richtig guten Ausflug in die Beeren werden die Nerven so strapaziert, dass nicht viel fehlt bis zur Scheidung.

Aber wie großartig, wenn dann die roten und blauen Eimer auf dem Küchentisch stehen, randvoll mit den kostenlosen Süßigkeiten der Natur. Als ich klein war, gab es ja keinen Zucker, da hat die Walderdbeere die Marmelade ersetzt.

Und wenn man einen Himbeerstrauch oder ein Stück Sumpf mit Moltebeeren entdeckt, redet man darüber nicht mit anderen, nicht einmal mit Vetter Veijo, auch wenn es einen noch so juckt. Da geht man nachts mit der Stirnlampe hin, und aus den Beeren macht man dann heimlich Marmelade, von der man einmal im Jahr isst, auf einem Stück Lappenkäse.

Man muss mindestens zig Liter Beeren sammeln, besser Hunderte. Davon darf man sechs Stück naschen, Kinder acht. Die Beeren werden geputzt und verwahrt. Es wird Marmelade, Grütze, Saft oder

Kuchenbelag daraus gemacht. Besonders gut schmecken gefrorene Preiselbeeren auf einer Scheibe Leber.

Der Thai ist nicht schuld, dass er außer mir der Einzige ist, der das heutzutage noch versteht. Ich glaube felsenfest, dass der Thai weiß, dass man Beeren unter den Brei mischt und nicht zum Frühstück irgendwelches Trockenfutter mit Kakao direkt aus der Tüte löffelt, wie es gerade der Entwicklungsphase in unserem Land entspricht.

Kolehmainen ist der Ansicht, man müsste das Jedermannsrecht auf die Finnen beschränken. Da hat er insofern recht, als man das Jedermannsrecht abschaffen müsste. Stattdessen müsste man die Jedermannspflicht einführen. Wer auf seinen Ländereien Beeren und Pilze wachsen lässt, der soll sie sammeln, verwahren, essen oder mit geringem Gewinn in der Umgebung verkaufen. Wem das Geld nicht gut genug ist, der soll es für einen guten Zweck spenden, zum Beispiel nach Thailand. Ich bin sicher, dass sich dort einer findet, dem was fehlt.

P.S.: Ich habe am Gemeindehaus einen Zettel ans Schwarze Brett gehängt. Biete zehn Thailändern eine Beerenstelle und kaufe alles auf, was sie auf dem Grund vom Kolehmainen sammeln. Daraus koche ich dann Marmelade und verkaufe sie dem Kolehmainen als pseudo-feine Biokonfitüre aus Schweden. Der Kerl wird nie erfahren, dass er für sein eigen Hab und Gut bezahlt hat, nur ich weiß es und kann mir ins Fäustchen lachen.

DIE GRÖSSEREN SPRITZER MIT ESSIG

Ich bin ja so grantig geworden, als die Sonne geschienen hat. Die Strahlen sind kaum durchs Fenster gedrungen, weil die Fenster im Erdgeschoss nicht geputzt worden sind, seitdem meine Frau das nicht mehr machen kann. Seit meiner Kindheit habe ich keine Fenster mehr geputzt, meine Frau und ich hatten eine klare Aufteilung: Ich wasche das Auto und mich, die Frau ist für die Flächen im Haus verantwortlich. Mit Ausnahme der Kühltruhe, die wurde alle zehn Jahre aufgetaut und meine Frau kam mit dem Lappen nicht ganz bis auf den Boden.

Wenn man jung ist, denkt man nicht daran, dass einmal einer allein alle Arbeiten machen muss, und schon gar nicht, dass ich der Eine bin. Plötzlich muss man doppelt so viele Sachen können, und das obwohl man doppelt so alt ist wie zu der Zeit, als man sie noch hätte lernen können. Jetzt kommt es mir so vor, als würde ich leichter Französisch lernen, als eine glatte braune Soße zu machen. Jedes Mal klumpt sie.

Ich hab mir einen Eimer gesucht, Putzmittel, Abzieher und irgendeinen Lappen und mich an die Arbeit gemacht. Habe Flecken und Spritzer gescheuert, die hartnäckigsten Stellen mit dem Fingernagel bearbeitet und dann mit dem sauberen Lappen und zum Schluss mit dem Abzieher das ganze Fenster. Ganz schön schwierig, das ohne Streifen gleichmäßig hinzukriegen.

Sofort hat's mich gewurmt. Da habe ich eine Pause eingelegt und in mich hineingehorcht, ob's mich immer noch wurmt.

Ja. Und wie.

Also Fensterputzen ist die überflüssigste Arbeit auf der ganzen Welt. Ich verstehe nicht, warum man die öfter putzen muss, als das Abwassersystem am Haus erneuern, das reicht doch alle sechzig Jahre.

Im Sommer ist es schön, aus dem Fenster zu gucken, aber noch schöner ist es, in der Sonnenperiode richtig draußen zu sein. Und wenn der Mensch nicht durchs Fenster gucken kann, dann ist er gezwungen, nachzusehen, wie es draußen aussieht. Ob es Regen geben wird oder ob die Sonne siegt. Und im Herbst und Winter deprimiert einen die Aussicht sowieso, was soll man das noch unterstützen. Man soll nicht gierig werden.

Ein paar Tage später kam die Haushaltshilfe, diese hässliche schöne Frau, der ich gesagt habe, wenn ich fünfzig Jahre jünger und nicht verheiratet wäre, würde ich sie glücklich machen. Meiner Meinung nach ist sie in der Angelegenheit kein bisschen anderer Ansicht gewesen. Andererseits: Was hab ich je über Frauen gelernt? Sie macht sauber, faltet die Laken und stellt Behälter mit Essen in den Schrank. Das macht sie gut, wenn auch anders, als meine Frau es gemacht hat, und ein kleines bisschen schusseliger. Das soll keine Kritik sein, ich sag's bloß.

Es gab allerdings einen Zwist, als ich ihr verbot, die Fenster anzufassen. Ich hab das alles schon begründet, darum hab ich gar nicht erst angefangen, ihr mehr zu erklären, als dass es für uns beide einfacher ist, die Fenster zu vergessen und sich meinetwegen auf den Dreck zu konzentrieren, der sich auf der Arbeitsplatte in der Küche festgesetzt hat.

Ihrer Meinung nach geht meinem Haus das Licht aus, wenn die Fenster nicht geputzt werden. Ich hab gesagt, ich kann das Licht ja in einem Sack von draußen nach drinnen tragen, aber die hässliche schöne Frau hat das nicht verstanden. Wie es aussieht, kennen die in Litauen keine Schildbürgergeschichten.

P.S.: Ganz hinten auf dem Dachboden habe ich ein Fenster entdeckt, das nicht einmal meiner Frau je aufgefallen ist. Darauf sieht man den Handabdruck von unserem mittleren Sohn als Kind. Ich weiß, dass er es war, weil der Ringfinger fehlt.

DIE ESKIMOS IN MEXIKO

Ich bin ja so grantig geworden, als die Glühbirnen gewechselt werden mussten. Wechseln, wechseln, wechseln, kann denn nichts bleiben, wie es ist? Auch die Steuerprozente werden immer neu eingestellt, Mehrwertsteuer, Unternehmenssteuer und mein persönlicher Prozentsatz für die Nebeneinkünfte. Das Parlament wechselt und die Beamten wechseln, aber das ewige Rumfeilen bleibt. Von mir aus könnte es ein und denselben Prozentsatz auf Einnahmen, Ausgaben, Verkäufe und Einkäufe geben.

Der würde bei dreizehn liegen.

Dann könnte man sich aufs Eigentliche konzentrieren anstatt aufs Sparen. Das gilt auch fürs Heizen. Mit meiner Frau musste ich darüber immer verhandeln, also den Mund halten. Ihr war es in den Zimmern ständig zu kalt oder zu warm, ich musste Holz für den Kamin holen und in den Keller gehen, den Ölbrenner runterdrehen. In dreiundfünfzig Jahren habe ich es nicht geschafft, ihr beizubringen, dass achtzehneinhalb Grad für einen Menschen ausreichen. Wenn einem kalt ist, muss man wohin gehen, wo es noch kälter ist, also nach draußen und Holz sägen oder sich kurz mit dem Rücken auf den gefrorenen Boden legen. Wenn es zu warm ist, dann heißt es, Kleider ausziehen oder ab in den See.

Also mir fehlen sie schon, die Stunden, in denen ich mit meiner Frau wegen vieler Sachen den Mund gehalten habe.

Die Glühbirnen.

Wenn in meinem Anwesen eine einzige Birne brennt und sonst kein Strom anfällt, verbrauche ich dann so fürchterlich viel von der Welt? Bin ich dann derjenige, der bei den Eskimos in Mexiko für unmögliche Lebensbedingungen sorgt?

Also den Schuh ziehe ich mir nicht an.

Genau wie mit diesen Resiefern. Was war verkehrt an dem alten System? Seitdem das Fernsehen Farben hat, fehlt mir in der Hinsicht nichts. Nach wie vor sieht man die gleichen schlecht ausgesuchten Gesichter auf dem Bildschirm, zum Beispiel diesen Mikko Kuustonen. Ein christlicher Mensch, aber Haare wie ein Mädchen und immer ein Weinglas neben sich. Und in letzter Zeit hat er auch noch zugenommen ...

Es sollte ordentliche Ansagerinnen geben, wie diese Teija Sopanen, und Gottesdienste. Wenn man die Kirche kennt, macht es Spaß, sie sich im Fernsehen anzugucken, die Architektur und das Altarbild und wie viele Leute zum Abendmahl gehen. Beim letzten Mal waren es dreizehn, das habe ich statistisch erfasst.

Ich kenne weitere Maßnahmen, die mehr bringen als eine Energiesparlampe.

Zum Beispiel, dass man das Licht ausmacht, wenn man es nicht braucht. Bei meiner Frau habe ich mich früher oft gewundert, für wen sie tagsüber in unserem Schlafzimmer das Licht brennen lässt. Sie wiederum hat sich gewundert, wie ein Mann sechs Tage lang ein und dieselbe Stromrechnung lesen und nachrechnen kann, bis auf Pfennig und Cent. Angeblich war ich missmutig. Aber das stimmt nicht. Ich habe nur auf unser Recht gepocht. Es ist ein Haufen Geld, den man innerhalb eines Lebens sparen kann.

Hier noch mehr kostenlose Stromsparmethoden: im Winter das Essen im Keller aufbewahren. Wenn man den Kühlschrank unbedingt braucht, dann nicht zum Spaß aufmachen, und nicht träumend vor den Dickmilchbechern stehen. Man kann sich schon morgens überlegen, was man den Tag über braucht. Buttermilch, Fett und Käse.

Man spart auch, wenn man nicht auf dem Sofa sitzen bleibt. Bei Tageslicht soll man lesen statt fernsehen. Die Bücher kriegt man in der Bücherei umsonst. Aber achte darauf, dass es ein Buch ist, in dem keine Märchen erzählt werden und dass der Verfasser wie einer aussieht, den du auch zum Kaffee einladen würdest.

P.S.: Ich habe im Schuppen nach der alten Petromax gesucht. Ich werde alle Lampen mit Glühbirnen gegen Petroleumlampen austauschen. Oder direkt gegen Kienspäne.

LIKT

Ich bin ja so grantig geworden, als ich Jagdwurst gekauft habe. Das ist eine gute Wurst, hat die gleiche Basis wie die Fleischwurst, aber mit untergemischten Fleischstückchen, und durch diese Zusammensetzung mit ganz eigenem Geschmack. Auf eine Scheibe schwarzes Krustenbrot legt man am besten drei Scheiben Jagdwurst und eine ordentliche Scheibe Edamer, dazu eine Wurstscheibe einfach so, zusammengerollt auf die Hand.

Mir lief das Wasser im Mund zusammen und ich fuhr auf dem schnellsten Weg heim, damit ich schneller zum Essen kam.

Aber wehe, als ich mir daheim die Packung genauer ansah. Da stand ganz klein gedruckt wieder das berühmte Wort: L-i-g-h-t: Likt. Dahinter Nummern und Prozente.

Das bedeutet, dass sie dem Essen das ganze Fett absaugen und mit einem zweiten Schlauch den Geschmack. Sie schmieren eine Art Schleim drüber, und die Beschaffenheit ist in jeder Hinsicht unangenehm. Da fragt man sich als Mensch dann, ob da Hundefutter neu verpackt worden ist, oder ob es sich um einen medizinischen Versuch handelt.

Und dann werden die auch noch in Packungen verkauft, die aussehen wie die normalen Lebensmittel. In meinem Alter will man und kann man auch nicht mehr versteckte Buchstaben entziffern, mit denen ein gutgläubiger Mensch absichtlich zu laktosefreien und cholesterinarmen Lebensmitteln getrieben wird. Dann wagen sie es auch noch, wegen dem Fisch und dem Fleisch von der Theke einen Aufstand zu machen, obwohl man die selbst betrachten, beschnuppern und probieren kann. Aber versuch mal so eine Verpackung aufzukriegen, vor Ort, und weigere dich dann, sie auch zu kaufen. Die rufen die Polizei! Zuletzt haben sie das auch getan und waren nicht einmal bereit, den Hannu Karpo, den Helfer der kleinen Leute aus dem Fernsehen, kommen zu lassen, obwohl ich unerschütterlich darauf bestanden habe.

Aber was ich bezahlt habe, das esse ich auch. Und ich muss zugeben, dass ich lieber Verschimmeltes als Fettloses esse. Aber was fettlos ist, schimmelt ja nicht, die haben da solche Schutzgifte entdeckt, da könnte ein Orkan kommen oder ein Weltenbrand, das vakuumverpackte Fleisch, das deutsche Toastbrot und das in Honig eingelegte Geschnetzelte halten sich trotzdem für die Überlebenden und für die Ratten in den Kellern.

Früher hatte die Milch Farben, nach denen man sich richten konnte. Für mich die rote, für meine Frau die blaue und die blassere Magermilch für solche wie meine Schwiegertochter, die ständig darüber wacht, wie breit ihr Hintern ist. Dann kam auf einmal die Einprozentige auf, mit einer Farbe, die zwischen den anderen liegt. Hab ich nicht erkannt. Plötzlich standen sechs Packungen davon in meinem Kühlschrank. Ich hielt mir die Nase zu und trank sie.

Was ganz Verflixtes sind die kohlensauren Getränke. Diese Limonaden, bei denen man die Zeichensprache und die Produktbeschreibung gar nicht erst versteht, wenn man nur die Volksschule und die Ingenieurslehranstalt besucht hat. Da kaufst du wie geplant Cola, aber dann ist es doch falsch, weil es Likt ist, oder es ist eben gerade nicht Likt, sondern das Normale.

Die Menschen haben einfach zu viel Zeit und die Kinder zu viele Freiheiten, wenn sie sich über solche Sachen Gedanken machen und sie überhaupt für wichtig halten können. Da macht man sich wegen Geschmacksfeinheiten verrückt, als wären wir alle Dichter oder Bratschenspieler.

Sind wir aber nicht.

Wir sind ganz normale Menschen. Das Normale reicht. Mir hat es immer gereicht, ich verlange nichts Übermäßiges, aber meinen Braten esse ich schon. Hast du mich verstanden, du Werbemensch, du Einzelhändler und du Zielgruppentheoretiker?

Macht es nicht unnötig kompliziert!

Macht das Notwendige einfach!

P.S.: Ein gutes Leichtprodukt gibt es. Salami. Warum, kann ich auch nicht sagen.

ADIDAS ODER MENOKAS

Ich bin ja so grantig geworden, als die Steuerrückzahlung kam. Ich passe immer genau auf, dass die Prozente stimmen, aber letztes Jahr war der Waldverkauf anscheinend weniger, als ich ausgerechnet hatte.

Der Kolehmainen hat zweitausend zurückgekriegt und sich an den Briefkästen damit gebrüstet, dass er mit dem Geld für zwei Wochen nach Tartu in Urlaub fährt. Ich hab ihm nicht gesagt, wie bekloppt er ist und mit ihm das ganze Volk, das sich wegen seiner Steuerrückzahlung verrückt macht und sein Geld zum Fenster rausschmeißt. Es gibt nichts geschenkt, sondern man kriegt nur den Kredit zurück, den man dem Staat aus eigener Achtlosigkeit gezahlt hat. Lohnender wäre es, was draufzuzahlen, weil das Schuldnerverhältnis dann richtig herum ist. Dann hat sich der Bürger was vom Staat geliehen, und bis zu einer bestimmten Grenze ist das steuerfrei.

Der Kolehmainen hat gesagt, es würde sogar noch was übrig bleiben, dafür könnte er in Estland einen Lieferwagen Sekt und sonstige Getränke für die Hochzeit seiner Tochter kaufen. Ich hab ja so gekocht, aber ich bin ruhig geblieben. Wie kann es sein, dass ein Mann die einfachsten Dinge nicht versteht? Wie viel kostet die Fahrt nach Tartu? Bestimmt nicht wenig. Und warum muss man für eine Hochzeit überhaupt Alkohol kaufen? Man kriegt die Leute auch mit Dünnbier, Kaffee und einer guten Kombo zusammen. Wer trinken will, der soll sich heimlich seine Flasche mitbringen.

Der Kolehmainen ging dann mit mir zurück, obwohl ich lieber allein gewesen wäre. Er machte einen Brief auf, den er bekommen hatte, da war eine Stromrechnung drin, und natürlich jammerte er, von wegen, es wird viel zu viel verlangt und die Löhne und die Renten sind zu niedrig.

Sind sie nicht.

Und das Essen kostet auch nicht zu viel.

Wohnen und Autofahren sind nicht teuer.

In Wahrheit fehlt in diesem Land keinem was, wenn man es mit dem Hungerjahr vierzehn vergleicht.

Wer knapp und knausrig lebt, kommt aus. Ich hab mich schon über vieles beschwert, aber nie über die Ausgaben, weil ich derjenige bin, der das Geld in die Hand nimmt, und mich selbst kann ich beherrschen, wenn ich schon nicht in der Lage bin, die Welt zu beeinflussen.

Von mir aus darf die Gemeinde Essen verteilen und dieser Hursti, dieser Wohltäter in Helsinki, seine Suppe, aber warum verteilen sie nicht Harken und Saatgut? Es gibt immer genug ungenutzte Flächen mit Erde, auf denen man für die große Masse Kartoffeln und Karotten ziehen könnte. Und es sind auch nicht immer nur die Senioren, die sich beschweren, einmal hab ich die Landesschau geguckt, und da sagte eine Alleinerziehende, wie furchtbar es ist, wenn man seinem Kind nicht dieselbe Menge Zeug kaufen kann, wie es die anderen kriegen.

Wann ist eigentlich dieses ständige Vergleichen in die Eltern gefahren? Die lassen die Kinder ihre Turnschuhe vergleichen, aber sagen ihnen dann im Brustton der Überzeugung, es wäre egal, ob man Turnschuhe von Adidas oder einheimische der Marke Menokas an den Füßen hat. Es kommt darauf an, wie schnell man damit rennt, wie lange man sich auf den Beinen hält oder wie fest man schießt.

Ich habe nichts gegen Wettbewerb, aber Wettrüsten ist nichts als Irrsinn. Wenn man Sachen nur kauft, um sie dann vorzuführen. Also, die Mittelschicht ist inzwischen so groß geworden, die ist das, was früher die Königlichen oder Kaiserlichen waren, ein Pack, das nichts zu tun und darum Zeit hat, sich auszustaffieren und zur Schau zu stellen.

P.S.: Ich hab dem Kolehmainen versprochen, seine Post aus dem Briefkasten zu holen, solange er verreist ist. Was ich auch immer alles verspreche.

HUNDERTDREISSIG MIT DEM MOPED

Ich bin ja so grantig geworden, als der Doktor seine Zwangsentscheidung traf. Ich sah Kivinkinen an, dass er mir die Mitteilung nicht gern machte. Der Grund waren nicht die Augen, was ich ja verstanden hätte, sondern die Reflexe. Kivinkinen haute mir mit dem Hammer aufs Knie, aber das Bein schwang nicht aus. Ich dachte, das ist gut, das beweist, dass ich Schmerzen aushalten kann. Kivinkinen war aber der Ansicht, dass in mir die Informationen nicht mehr schnell genug transportiert werden.

Er sagte, mein Führerschein wird nicht verlängert, und der jetzige geht auch nicht mehr. Endgültiges Fahrverbot hat er mir gegeben, als wäre ich ein Schluckspecht. Angeblich käme ich nicht mehr mit dem ganzen Gegenverkehr und den vielen Verkehrszeichen klar.

Wie bin ich dann bis jetzt damit klargekommen? Auf meinem Weg zum Einkaufen gibt es genau ein Verkehrsschild, ein besonders großes mit der Aufschrift STOP, und wo das steht, weiß ich, selbst wenn ich es nicht sehen und mich nicht rühren würde, auch wenn ich jetzt die Augen zumache, sehe ich es dort an der Abzweigung nach Kirstula stehen. Wie oft habe ich in den achtziger Jahren mit der Straßengenossenschaft und mit den Behörden darüber gerungen, ob an der Stelle ein einfaches Dreieck reicht. Ebenso gut weiß ich, wer mir entgegenkommt, wer wann wohin fährt, das Schultaxi kommt um halb vier vorbei und der Kolehmainen gegen sechs von der Arbeit.

Kivinkinen hat nur genickt. Was ich auch sagte, es nützte nichts.

Darf ich nicht mal bis zum Büchereibus fahren? Kivinkinen meinte, selbst wenn er es wollte, könnte er keine Ausnahmen machen. Ich fragte ihn, wie ich jetzt zu meinem Haus kommen soll, von dem ich anschließend nicht mehr wegkomme. Und wie zur nächsten Kontrolluntersuchung? Kivinkinen versprach, den Papierkram so zu regeln, dass ich gleich ab morgen im Schultaxi mitfahren kann. Und heute würde er mich selbst nach Hause bringen.

Kivinkinen zog seinen Mantel an und half mir in meinen, wir gingen durch die Eingangshalle zum Parkplatz, und da blieb er dann stehen, mein bar bezahlter und sorgfältig gepflegter Ford Escort, Baujahr zweiundsiebzig.

Ich war so geladen, dass ich sagte, ich laufe auf

Skiern heim. Ich kaufe mir drüben bei Komulainens Sport und Elektro ein Paar Peltonen-Ski und laufe durch den Wald und quer über den See. Als Kind hatten wir auch kein Auto und kamen gut aus beziehungsweise schlecht, aber wir kamen aus. Mit dem Taxi fuhren im ganzen Land ausschließlich Minister und diese eine Schlagersängerin.

Mein Auto hat mich noch nie irgendwo stehen lassen. Und jetzt musste ich es stehen lassen. Alle Inspektionen sind in Nuronens Werkstatt gemacht worden, und bei Vielem hilft schon ein Stück Draht oder Kabelbinder.

Kivinkinen ist immer ein guter Arzt gewesen, seit dem olympischen Sommer 1980, als er mit weichem Gesicht und ungewöhnlich fröhlich zu uns ins Dorf kam. Aber jetzt hatte ich keine Lust, mit ihm zu reden. Ich dachte, wenn ich jemanden finde, der mir das Auto nach Hause bringt, dann fahre ich mit Sicherheit trotzdem weiter. Ich werde einen von den Moped-Burschen vor dem Supermarkt anheuern. Unsereiner steigt nicht in ein Schultaxi, mein Platz ist nicht zwischen kleinen Buben.

Oder ich kaufe mir ein Moped. Das frisiere ich, und dann fahre ich damit hundertdreißig bergab. Ist es das, was die wollen? Offenbar dachte ich laut, denn Kivinkinen verbot es mir sofort. Er meinte, ein Moped hätte noch mehr bewegliche Teile als ein Auto und ich würde nie lernen, einen Helm aufzusetzen. Als ob das eine Rolle spielen würde. Ich befehlige mein Moped mit Wollmütze und Schwimmbrille!

P.S.: Ich bin so grantig, dass ich das P.S. weglasse.

EINE CD-SCHEIBE JAAKKO TEPPO

Ich bin ja so grantig geworden, weil mein Kaffee nicht gut genug war. Zuerst hatte mir Doktor Kivinkinen die Fahrerlaubnis entzogen, dann saß er in unserer Küche und erklärte: kein Kaffee mehr nach fünf. Ich kommandierte ihn in die Stube und drückte ihm trotzdem eine volle Tasse in die Hand. So leicht kam er mir nicht davon, in diesem Haus trinken erwachsene Männer Kaffee, ohne auf die Uhr zu gucken.

Aus lauter Boshaftigkeit gab ich ihm auch was von dem alten Trockenkuchen, den ich eigentlich bis zum Ende aufsparen wollte. Das ist der Kuchen, den meine Frau als Letztes gemacht hat, bevor sie gar nichts mehr gemacht hat.

Ich fragte Kinvinkinen, was es für einen Sinn haben soll, dass man zuerst die Busverbindungen einstellt, dann die Dienstleistungen in die Stadt verlegt und mir anschließend den Führerschein abnimmt. Wie wäre es stattdessen mit folgendem Gesellschaftsvertrag: Verlegt die Dienstleistungen, aber lasst mich mein Fahrzeug behalten, damit ich damit zu den Einrichtungen und Ämtern komme, die hier stillgelegt worden sind? Ich fragte ihn, ob er weiß, was man einem Mann wegnimmt, wenn man ihm die Fahrerlaubnis entzieht. Die Selbständigkeit, nicht mehr und nicht weniger.

Kivinkinen hörte sich alles an und sagte, ich würde mich schon an die Transporte gewöhnen, der Chauffeur wäre nett und während der Fahrt könnte ich wer weiß was machen. Ich sagte ihm, ich würde mich an die Transporte so gut gewöhnen wie gewisse Völker in der Sowjetunion oder die Kommunisten zur Zeit der faschistischen Lapua-Bewegung.

Irgendwie kam das Gespräch dadurch ins Stocken.

Kivinkinen wünschte mir fröhliche Tage, auf ihn warte noch die Abendsprechstunde. Bis nächste Woche, sagte er. Aber aus unserer nächsten Woche wird nichts, weil ich ja nirgendwohin komme.

An drei Tagen kam das Taxi bis aufs Grundstück gefahren. Aber ich machte die Tür nicht auf, sondern guckte nur aus dem Fenster. Ein ziemlich stattlicher Mercedes-Bus stand da vor dem Haus, mit der Aufschrift »Personentransport Toropainen«.

Am vierten Tag verlor der Stolz gegen das Bedürfnis, mich zu bewegen. Also wartete ich zwanzig Minuten lang in voller Montur vor dem Haus, damit ich die Fahrt auch bestimmt nicht verpasse.

Das Auto kam, der Fahrer eilte im Laufschritt zu mir und bot mir den Arm an. Er wollte mich führen. Ich sagte, zwar haben sie mir den Führerschein abgenommen, aber meine Beine habe ich noch. Geh mir aus dem Weg, Bub!

Auf den Bänken saßen Kinder, und hinten fläzte die Jugend. Das ist die Morgenmüdigkeit, weil sie in warmen Zimmern aufwachen und dann in warmen Autos transportiert werden. Ich wurde in dem Alter in der kalten Stube wach, wo man es sich erst mal selbst warm machen musste. Und danach konnte der Schlaf auch nicht groß auf die Augen drücken, weil wir zehn Kilometer auf Skiern bis zur Schule laufen mussten.

Ich beschloss, denen gleich mal zu zeigen, wie der Hase läuft und gab dem Fahrer eine Kassette von mir, mit sechzig Minuten Musik und Humor von Jaakko Teppo.

Aber gab es in dem Taxi vielleicht einen Kassettenspieler? Nein, gab es nicht, es gab nur einen Schlitz für CD-Scheiben.

Dann fuhr das Taxi doch tatsächlich in der langen Kurve bei Kontusuo in den Graben. Nicht schlimm, aber doch so, dass der Fahrer sein Fahrzeug nicht mehr rausgekriegt hat. Der kam natürlich aus irgendeiner größeren Stadt und hatte das Autofahren auf Asphalt und mit guten Winterreifen gelernt.

Da blieb mir nichts anderes übrig, als auf den Bock zu steigen und ihm zu zeigen, wie man die Kupplung richtig kommen lässt und dabei vorsichtig Gas gibt. Nicht zu viel, weil sich die große Karre mit ihrem Hinterradantrieb sonst in den Schnee frisst.

Und ja, er kam raus, und ja, die Fahrt ging weiter, und ja, ich war für die Jugend der Held Nummer eins. Der Chauffeur schämte sich sichtlich, und so gehört sich das auch, wenn man was nicht kann.

P.S.: Einer von den Jugendlichen, ein gewisser Niko, hat die Tonbandkassette von Jaakko Teppo bei sich daheim in eine CD-Scheibe umgewandelt. Jetzt fährt es sich gemütlich, jetzt weiß auch die Jugend, was lustig ist.

BETATSCHEN WIE DAS KLO IM ZUG

Ich bin ja so grantig geworden, als mich mein Sohn eingeladen hat, an Weihnachten zu ihm zu kommen. Das ist in der großen Stadt, wo er wohnt, ein kleines Haus in einem großen Haus, wie das heute oft so ist.

Ich packte mein eigenes Bettzeug ein und machte mir Proviant. Roggenbrot mit Bierwurst, Anschohwies und Ei. Ich dachte, damit würde auch ein jüngerer Mann eine Fahrt von vier Stunden leicht überstehen.

Ich bestellte für fünf Uhr morgens eine Fahrt zum Bahnhof, denn drei Stunden Sicherheitspuffer müssen sein. Früher war der nächste Bahnhof fünf Kilometer entfernt, jetzt sind es dreißig. Früher gab es überall Bahnhöfe, das heißt, es gibt sie immer noch, aber die Züge halten nicht mehr. Die ehemaligen Bahnhofsgebäude werden von so Musikern gekauft oder von diesen Künstlervereinigungen, die unverschämt teure Tonflöten in Vogelform herstellen.

Sobald ich auf meinem Platz saß, fiel mir ein, wo der Proviant war.

Daheim auf der Bank auf der Veranda.

Das wurmte mich dermaßen, dass mir die ganze Stirn weh tat. Ich beschloss, die Reise ohne Essen anzutreten, schließlich habe ich kein Geld im Überfluss. Nach einer halben Stunde bekam ich ernsthaft Lust auf meine Brote, aber ich biss die Zähne zusammen.

An der Stelle, wo dieser eine runde Fichtenwald kommt, fiel mir ein, dass es im Zug ja ein Klo gibt. Dort kriegt man Wasser, und mit Hilfe von Wasser hat der Mensch schon ganz andere Deportierungen überstanden.

Ich ging also durch die hell beleuchteten Waggons. Überall saßen seltsam geschäftige Leute. Früher ließ man seine Kräfte auf der Baustelle und beim Kinderhüten zurück. Früher wurde im Zug geschlafen. Jetzt gibt es alle möglichen Apparate, Computer für auf den Schoß und Reisetelefone. Kinder für auf den Schoß haben die ja keine, bevor sie zweiundvierzig sind und unabhängig von allem auf der Welt.

Wegen dem Klo wurde ich dann ernsthaft grantig. Um das aufzukriegen, musste man kurz so einen Knopf betatschen.

Ich bin kein Betatscher. Ich wurde in eine Welt hineingeboren, in der Türen und Fenster mit Haken, Querhölzern und ellenlangen Schlüsseln zugemacht wurden. Meine Generation besteht aus Drehern, Schließern, Wendern, Schiebern, wir sind alles andere als Betatscher.

Wenn alles mit Tatschen funktioniert, heißt das, dass einem alles zu leicht gemacht wird. Ich bin nicht gegen den Fortschritt, aber gegen die Dummheit, und wenn einem alles zu leicht gemacht wird, ist das die größte Dummheit, die es gibt. Das sieht man an den Kindern. Wenn man es denen zu einfach macht, können sie später als Erwachsene nichts, sondern schieben die ganze Schuld den Eltern in die Schuhe.

Ich weiß, wie das ist, das könnt ihr mir glauben. Nicht schön.

Schließlich drückte ich auf den Knopf, und sofort bekam ich Angst, ob ich es ohne steckenzubleiben durch die Tür schaffe, bevor sie wieder zugeht. Und wie groß war das Klo? Größer als meine Wohnstube. Mit Geländern und Wickeltisch und Radiogeräuschen im Hintergrund.

Aber am Wasserhahn fehlte der Griff.

Ich guckte ihn mir an und rüttelte daran, trat auch mal kurz dagegen, aber es kam nichts raus. Und das, wo ich richtig Durst hatte. Ich bückte mich, um nachzusehen, wo der Fehler liegt, und da kam das Wasser dann. So ein Bewegungsmelder war da dran. Das Wasser spritzte mir direkt ins Gesicht und in den Kragen. Als ich wieder rauskam, versuchte ich auszusehen, als wäre alles, was passiert ist, absichtlich passiert. Das Trinken hatte ich vergessen.

P.S.: Ich habe mir überlegt, welche Sachen mit kurzem Antatschen funktionieren sollten. Folgende: Zahnarzt, Kinder ins Bett bringen, aufgequollene Tür am Kartoffelkeller schließen.

ROTE BETE

Ich bin ja so grantig geworden, weil die solche schamlosen Preise machen. Ich bin in den Speisewagen gegangen und hab mir die Karte angesehen. Sechs Mal musste ich die Augen zumachen. Selten kriegt man so eine fürchterliche Geldgier zu Gesicht. Ein belegtes Roggenbrot 4 Euro und 20 Cent. Was ist das in Mark? Entsetzlich viel.

Eine Zeitlang saß ich nur da, damit sich mein Atem beruhigte, und dachte über die Kostenstruktur nach. So ein Schinkenbrot besteht aus zwei Scheiben Roggenbrot. Zwischen die kommt der fettlose, dünnste Schinken der Welt. Gebuttert wird nur eine Scheibe. Und nicht mit Butter, sondern mit Als-ob-Butter, nämlich mit Margarine. Und das Brot ist auch nicht aus Roggen, sondern aus schwarz gefärbtem Weizen; weicher Knatsch wie heutzutage alles, vom Fernsehprogramm übers Essen bis zur Zeitung. Da musst du mit der Axt in der Hand suchen gehen, wenn du was Hartes und Säuerliches willst, wie es sich für das richtige Brot und das richtige Leben gehört.

Und Jahr für Jahr stopfen sie mehr Gurken und Tomaten und was weiß ich, gelbe Paprika zwischen die Brote. Und warum? Damit sie immer mehr mit den Schinkenscheiben geizen können.

An dem Punkt sage ich nur eines:

Saisongemüse.

Und ich sage noch etwas:

Rote Bete.

Die reicht nämlich als Grün, auch wenn sie rot ist. Wofür braucht ein Mensch Affokahdos, Kiewies oder auch nur Apfelsinen, solange es die Rote Bete gibt? Ich weiß noch, was für ein Spektakel nach dem Krieg um Apfelsinen und Bananen gemacht wurde. Sind wir denn Affen? Aus einer Roten Bete kannst du genauso gut Saft pressen wie aus einer Apfelsine und der Mixer macht aus Roten Beten einen Schehk wie aus Bananen.

Essen hat zwei Zwecke: Es hilft durchzuhalten und es darf gut schmecken. Aber heutzutage isst man Sachen, die einen nur aufregen. Früher aßen die Armen und Kranken wenig, jetzt ist man gezwungen, wenig zu essen, wenn man reich werden will. Und man muss halb verhungert aussehen, damit man eine Anstellung bekommt, das ist bekannt, ich gucke regelmäßig die Nachrichten.

Gesundes Essen? Nicht das Essen ist gesund oder krank, fett oder dünn. Der Esser ist es.

Da werden wieder einmal zwei klar getrennte Dinge miteinander verwechselt, nämlich Dummheit und Klugheit. Man soll nicht so viel essen, dass man dick wird. Wer viel isst, der soll sich, bitte schön, auch mehr bewegen.

Bin ich dick? Nein, weil ich nicht dumm bin. Ich weiß, wie man zu Fuß geht und wie man Ski läuft.

Eine von den Verkäuferinnen im Speisewagen kam und fragte, ob ich Wasser bräuchte, ihrer Meinung nach sah ich schwach aus.

Ich fragte sie, ob das Wasser was kostet.

Sie gaben es mir umsonst und fragten mich, ob ich eine Banane dazu will. Ich bat um eine Rote Bete.

Dann brachten sie mich ins Pausenabteil der Schaffner. Dort legte ich mich lang und konnte in Ruhe das Problem der überzogenen Preise lösen. Und zwar so, dass ich mir beim nächsten Mal im Laden ein paar Krustenbrote, eine 700-Gramm-Bierwurst und einen Brocken Käse kaufe. Dann nehme ich das Fahrtenmesser und schneide ordentliche Scheiben ab und gebe allen, die ein Brot nehmen, in Flaschen abgefüllte Milch dazu. Dafür verlange ich so viel, dass ich die Fahrt bezahlen kann. Obwohl: Wohin soll ich schon fahren? Vielleicht nach Kajaani, vielleicht nach Hintertupfingen.

Falls die Bahn deswegen motzt, zeige ich sie wegen Wettbewerbsbeschränkung an.

P.S.: Jeder Schaffner müsste so ein Kartenkontroll-gerät haben, mit dem man Löcher macht. Ich weiß nicht, warum, aber so müsste es sein.

CIDER

Ich bin ja so grantig geworden, als mich die Beine allmählich wieder trugen. Das Zugpersonal hätte mich bis Helsinki ruhen lassen, aber auf der Höhe von Hämeenlinna wusste ich, dass ich wieder stehen kann. Außerdem war es da nur noch eine Stunde bis zur Ankunft, also dachte ich, ich hole meine Sachen und warte an der Tür.

Im Speisewagen war wieder dasselbe Kassenfräulein, das mir in den Schaffnerwaggon geholfen hatte, und jetzt wollte sie mich mit einer Fleischpirogge und Kindersaft mit Strohhalm füttern. Das Fräulein hatte etwas an sich, was meine Frau in jungen Jahren hatte. War es das Lächeln oder waren es die oben zusammengerollten Haare oder die Hilfsbereitschaft? Ich hätte mir ihre Finger bis zum Abend angucken können, wenn nicht bis Sonnenaufgang.

Mit meiner Pirogge und meinem Saft musste ich mich dann an einen Biertisch setzen, weil sonst nichts frei war. Es stimmt schon, dass früher nur diejenigen Pilsner pichelten, die zu sonst nichts zu gebrauchen waren. Faulenzer, Halbstarke und bei uns im Dorf der Uolevi Kirnu, der mittlere der Brüder Kirnu. Heute kannst du in keinen Zug mehr steigen und zu keinem Sportereignis gehen und kaum an einem Kindergarten vorbeigehen, ohne dass dir ein Halbliterbecher aus Plastik in die Hand gedrückt wird und man dich zwingt, zu trinken, weil sonst die Stimmung abflaut. Die verstehen nicht, dass das Einzige, was abflaut, der eigene Kopf ist.

Das mit dem Rausch verstehe ich allerdings schon.

Auf dieser Welt wird dir die ganze Zeit so viel Welt in den Kopf gedrückt, dass man ihn ab und zu leeren muss. Der eine leert ihn einmal die Woche, mir reichen vier Mal pro Jahrzehnt. Jetzt, wo ich die Medizin nehme, noch seltener. Es hat schon Eskapaden gegeben, über die dann auswärts erzählt und daheim geschwiegen worden ist, aber irgendeinen Preis muss man für das Leben halt bezahlen. Yrjänä und ich haben früher gern mal gesagt, wir fahren zum Konzert von Jaakko Teppo, aber nicht erwähnt, dass es erst in drei Wochen stattfindet und am anderen Ende des Landes. Gelogen haben wir jedenfalls nicht.

Und heutzutage genehmige ich mir nach der Sauna ein Glas Schnaps, das trinke ich in einem Zug und für die Gesundheit. Ich warte kurz ab, bis sich die Welt wieder gesetzt hat, dann kann ich ins Bett.

Aber in aller Freundschaft und aus Erfahrung sage ich, dass Bier nicht den Kopf leert, sondern den Magen füllt. Kerle, die früher ganz normal ausgesehen haben, erinnern auf einmal an diesen Komiker, der mit ausgestreckten Armen den Mädchen nachrennt, an diesen Benny Hill. Wir hatten ja sogar mal einen Präsidenten, der mit Sicherheit eine Schwäche für Pilsner hatte. Der saß wahrscheinlich abends im Schlosssaal auf dem Fußboden, legte irgendwelche Passjangsen und pichelte dabei einen Kasten weg. Und sei es mit dem Jelzin.

Das Pilsner für Frauen heißt Cider. Reihenweise steht der im Laden im Regal, mit Geschmacksrichtungen, die besser zu Eiskrem passen würden, wie Erdbeere, Blaubeere und Vanille. Und wenn die Männer an Benny Hill erinnern, dann erinnern die Cider-Frauen an Hella Wuolijoki, die dicke Dichterin.

Weil zu Pilsner und Cider noch hinzukommt, dass heute niemand mehr richtig arbeitet, kann ich mit Sicherheit sagen, dass in hundert Jahren das ganze Volk im Rollstuhl durch die Gegend fährt. Manche, weil sie ihre eigene Fettleibigkeit nicht schleppen können, die meisten aber, weil sie keine Lust dazu haben.

P.S.: Der Zug hielt an einer Station namens Tikkurila. So hässlich sollte man nicht bauen, wie es dort aussieht, so grau und alles aus Platten.

DORN IN DER FERSE

Ich bin ja so grantig geworden, weil alle die falschen Schuhe anhatten.

Ich stieg aus dem Zug, setzte mich auf eine Bank und wartete ab, bis die Eiligsten abgedampft waren. Ich will nämlich meinen eigenen Weg gehen, und nicht Schulter an Schulter mit Leuten, die ich nicht kenne. Wenn es so eng ist, hält man mit seinen ganzen Gedanken den Geldbeutel fest und vergisst dabei dann, wo man hin will. Ehe man sich's versieht, schwitzt man fürchterlich und muss aufs Klo oder ist in eine Straßenbahn geraten, die in eine völlig fremde Gegend fährt.

Ich schaute nach oben.

Über die Bahnhofgleise war ein Dach gespannt, so dass man praktisch so gut wie drinnen und draußen gleichzeitig war. Die sollten sich mal entscheiden, anstatt die Leute zu ärgern. Bei so einem Drinnen-

Draußen weiß man nämlich nicht, nach welcher Jahreszeit man gehen soll, ob man die Pelzmütze ab- und die Fäustlinge ausziehen soll oder nicht.

Dann schaute ich nach unten, aber da ging der Blödsinn weiter, und der hieß jetzt: die Schuhe der Leute. Also, die Städter verstehen einfach nicht, worin der Zweck von Schuhwerk besteht. Da gab es hohe Absätze mit Geklapper, Schuhbändel so dünn wie Fischnetzfäden, zu dicke und zu dünne Sohlen, Arbeiterschuhe bei jungen Mädchen und Teenager-Schuhe bei erwachsenen Männern.

Wie oft muss man das noch sagen? Schuhe sind eine Gehausrüstung. Der Zweck der Schuhe besteht darin, das Gehen zu erleichtern. Man muss mit ihnen vorwärtskommen, dorthin, wo man hin will und von dort auch wieder zurück. Man muss damit in der Lage sein, zu rennen, falls es Luftalarm gibt, oder wenn einem einfällt, dass der Laden gleich zumacht und man keine Buttermilch mehr im Kühlschrank stehen hat.

Der Mensch braucht Winterschuhe, sprich Filzstiefel, die warm sind und auch noch ziemlich komisch aussehen, weil sie an die Schnauze von einem jungen Hund erinnern. Dann braucht man Straßenschuhe für alle anderen Jahreszeiten, und die müssen unbedingt aus Leder sein. Wenn man das Leder pflegt, halten sie Feuchtigkeit, Matsch und Kälte aus. Ein überflüssiges Paar Schuhe darf der Mensch besitzen, das sind die, mit denen man Beerdigungen, die Abiturfeier sämtlicher Kinder in der Verwandtschaft und die Schwedenfahrt des Landmannvereins absolviert.

Menokas ist eine gute Marke, und Ecko. Jalas macht gute Skischuhe, in schlechten Zeiten sind die auch ohne Skier brauchbar. Sandalen solltet ihr Finnen euch gar nicht erst anschaffen, auch wenn sie euch noch so aufgeschwatzt werden, denn die gehören nicht in unser Klima. Ein Mensch, der im Oktober mit Sandalen mitten in den Brennnesseln im Moor steht, blamiert sich und ist selber schuld, mit seiner Neigung zur Gutgläubigkeit.

Die Schuhe soll man nach dem Klima und nicht nach der Laune wechseln. Wenn es regnet, nimmt man die Gummistiefel.

Ich musste genau die richtige Lücke abpassen, in die ich reinpasste, damit ich weitergehen konnte. Ich stützte mich an Fahrplanschildern ab, dann an einem Laternenpfahl und kam schließlich in die Bahnhofshalle. Es war ausgemacht gewesen, dass mein Sohn an einem Kiosk auf mich wartet, aber woher hätte ich wissen sollen, welchen von den dreizehn Stück er gemeint hatte?

P.S.: Warum haben eigentlich nur Frauenschuhe hohe Absätze? Ich kenne keine einzige kleine Frau, die nicht irgendeinem Mann recht gewesen wäre. Ich kenne wahrscheinlich überhaupt keine Frau, die nicht irgendeinem Mann recht wäre. Aber ich kenne einige Frauen, denen nie ein Mann recht gewesen ist. Eher bräuchten Männer solche Absätze, man denke nur an die Diktatoren.

ICH WILL AUF EINEM SCHWEIN REITEN

Ich bin ja so grantig geworden, als mein Sohn mich unter die Erde mitgenommen hat. Da hatten sie Ladengeschäfte und Säulen in den Tunnel eingebaut, hinter denen massenweise Jugendliche herumlungerten, die aus dem Leben und der Musikstunde herausgefallen waren und die sich lieber ab und zu mal an die Erdoberfläche begeben sollten. Denn die Sonne tut allem gut, was wächst.

Mein Sohn sagte, er hätte sich gedacht, wir fahren mit der U-Bahn, weil ich dieses Wunder einmal ausprobieren müsse.

Mir fielen sofort mehrere Wunderdinge ein, die ich in meinem Leben gern noch ausprobieren möchte.

Einige davon führe ich hier auf: Erstens möchte ich Jaakko Teppo für seinen treffenden Humor danken, weil ich mit dessen Hilfe die unzähligen schweren

Tage besser ertrage. Das Zweite ist etwas, das ich noch niemandem gesagt habe, weil es der Wunsch eines Verrückten ist und ich ja kein Verrückter bin: Ich will auf einem Schwein reiten. Drittens: Vor meinem Tod will ich einmal nach Island fahren. Ich habe in der Bücherei Bildbände studiert, in denen man vulkanische Erde, Schafe und ein offensichtlich vernünftiges Volk sieht, das versteht, dass man sich bei Kälte einen Pullover anzieht und kein Hemd mit Knöpfen. Der Schriftsteller Antti Tuuri hat auch was für Island übrig, ich habe ein entsprechendes Buch von ihm gelesen, und für einen Schriftsteller ist das ein selten verständiger Mensch.

Ganz unten in dem Tunnel wimmerte es, und das bedeutete, behauptete mein Sohn, dass die U-Bahn gerade weggefahren ist. Wir müssten fünf Minuten auf die nächste warten.

Er fragte mich, ob ich das aushalte.

Ob ich es aushalte, fünf Minuten zu warten?

Ich habe an zwei Sonntagen hintereinander achtundvierzig Stunden auf den Bus gewartet und er ist trotzdem nicht gekommen, weil die Linie 1964 eingestellt wurde. Damals schrieben wir das Jahr 1972. Darauf ging ich zu Fuß ins Dorf und kaufte mir den Ford Escort.

Solange ich mit meinem Auto fahren durfte, pickte ich zuverlässig sämtliche Leute auf, die mit dummen Gesichtern an der Haltestelle standen und auf etwas warteten, das nicht kam. Außerdem habe ich einige Jahrzehnte lang darauf gewartet, dass der Staatspräsident wechselt, und seit 1976 warte ich auf olympisches Gold im Ausdauerlauf. Und ich warte darauf, dass mein Sohn mich für mehrere Dinge, die in den 60er und 70er Jahren passiert sind, um Entschuldigung bittet.

Mein Sohn nickte. Offensichtlich ließ er mehrere Sätze ungesagt.

Die Städter und die Jugend, sprich alle unter siebzig, leben in einer anderen Zeit. Diese Zeit heißt Stress. Der nichts anderes ist als eine Erfindung des eigenen Kopfs. Ungeduld müsste man es nennen. Die wiederum bedeutet, dass die Menschen nichts erdulden können, obwohl es sich lohnen würde. Denn nachdem man etwas erduldet hat, tut schon eine kleine Erleichterung gut. Aber wenn alles immer nur leicht ist, kommt einem bald gar nichts mehr leicht vor.

Mein Sohn nickte. Ich kenne seinen Gesichtsausdruck, da geht er immer weit von mir weg, weil er sich schämt.

Aber da kam hinter einer Säule so ein junger Kerl im orangen Gewand auf uns zu, der eigentlich eine Glatze hatte, bei dem aber hinten so ein Zopf hing. Er sagte, er hätte mir zugehört und wollte wissen, ob ich ein Lehrer oder Guru wäre. Seiner Meinung nach hatte ich noch weisere Sachen gesagt, als sie der Haare Krischna lehrt.

Aber ich lehre nichts.

Ich habe das alles erlebt, darum weiß ich es.

P.S.: Durchs U-Bahn-Fenster sah man das Meer. Mir sind Seen lieber. Es ist irgendwie beruhigend, wenn am anderen Ufer die Felder von Polojärvi liegen und nicht Amerika oder Indien. Was hätte ich auch mit den Indianern zu reden, wo schon viele Nachbarn von der falschen Sorte sind.

DER PRINZESSINNENPYJAMA

Ich bin ja so grantig geworden, als es schon wieder auf eine Rolltreppe ging. Die U-Bahn kam an eine Haltestelle namens *Itäkeskus*. Rolltreppen befördern faule Leute von einer Ebene auf die nächste, obwohl man meinen sollte, dass es besser wäre, die dicke Altersklasse auf Treppen zu lenken, auf denen sie die eigenen Beine benutzen muss. Dann bekämen sie auch die mürrische, müde Miene aus dem Gesicht. Und es würde weniger gemopst werden, denn wenn sich die Jugend mehr bewegt, giert sie nicht nach Süßigkeiten oder Spielsachen.

Vielleicht könnte der Staat statt Nachmittagsbetreuung und Jugendhäusern Brückenbaustellen und Waldarbeitsplätze für 7–13-Jährige ins Leben rufen? Und ob er könnte! Aber ob der politische Wille dafür vorhanden ist?

Als wir die Hälfte der endlosen Ladenpassage hinter uns hatten, bekam mein Sohn von der Schwiegertochter einen Piepser auf sein transportables Telefon: Wir sollten in der Supermarkthalle noch die letzten Sachen fürs Weihnachtsessen kaufen. Mein Sohn hatte immer noch nicht gelernt, dass man in großen Mengen einkaufen soll, dann wird es billiger und man muss nicht ständig hin und her rennen. Eine Steige Hafergraupen und Nudeln kann einem armen Menschen, der bei der Schneeschmelze nicht wegkommt, weil die Straßen unbenutzbar sind, das Leben retten.

Mein Sohn erklärte mir, er und seine Familie würden ihr eigenes Leben führen. Ich solle meine Planwirtschaft beibehalten, aber nicht versuchen, sie ihm anzudrehen. Außerdem lebten wir im dritten Jahrtausend, in dem Versorgung und Logistik funktionierten.

Aber wisst ihr was? Man kann nie wissen, wann der Zentralcomputer der Jugend kaputtgeht. Dann werden wir wieder gebraucht, wir, die wir wissen, wie man ohne elektrische Geräte baut, fischt und sich die Zeit vertreibt.

Ich konnte die Kinder, die in den sehr langen Gängen der Supermarkthalle weinten, gut verstehen. Der Mensch ist nicht für so was Großes, Helles, Volles geschaffen. Ein Geschäft muss so angeordnet sein, dass man von der Mitte aus an jedes Regal herankommt, und hinter der Theke redet der Seppo Väisänen ungezwungen daher und schneidet einem genau so viel

Gulaschfleisch, wie man verlangt hat. Im Radio darf dabei von mir aus leise was von unserem großen Liedermacher Juha Watt Vainio laufen, aber nichts von seinen ordinären Sachen, am liebsten »Albatros«.

Ich weiß nicht, wie ich dann meinen Sohn verloren habe und in der Kinderabteilung gelandet bin.

Dort habe ich ein Mitbringsel für meine Frau gefunden, einen Schlafanzug.

Meine Frau ist heutzutage nämlich mehr ein kleines Mädchen als die erwachsene und schöne Frau mit dem eigenen Kopf, mit der zusammen alles Gute und Schlechte in meinem Leben passiert ist, darum kam ich auf die Idee, dass ihr vielleicht gefallen würde, was anderen kleinen Mädchen auch gefällt.

Nachdem ich die richtige Farbe ausgesucht hatte, setzte ich mich auf den Fußboden und wartete auf meinen Sohn. Ich gerate nicht mal im Supermarkt in Panik, ich weiß vom Bergsteiger Veikka Gustafsson, dass es sinnlos ist, wenn beide wie wild durch die Gegend rennen, nachdem man sich verloren hat. Wenn man an Ort und Stelle bleibt, vermeidet man, dass man aneinander vorbei läuft.

Und schließlich kam mein Sohn dann auch in die Kinderabteilung. Ich legte meinen Einkauf in seinen Wagen. Er war gereizt und sagte bevormundend, ich dürfe nicht einfach hingehen, wo es mir passt.

Doch, das darf ich. Doch, das tue ich. Vater und Sohn finden sich über kurz oder lang immer, man muss nicht aus allem gleich so ein Aufhebens machen. Mein Sohn sah sich meinen Einkauf an und sagte, seine jüngste Tochter hätte die Prinzessinnenphase schon hinter sich, falls ich den Pyjama für sie kaufen wolle.

P.S.: Für eine Plastiktüte zu bezahlen ist Verschwendung. Wenn man keine Stofftasche dabeihat, nimmt man ein paar von den Obstbeuteln. Die gibt es umsonst.

DIE EIGENE BETTWÄSCHE

Ich bin ja so grantig geworden, weil mir die Schwiegertochter im Kinderzimmer schon das Bett gemacht hatte. Nicht, dass mich das Kinderzimmer gestört hätte, aber die Bettwäsche. Mit so einem unwiderruflichen Frauenlächeln verbot sie mir, meine eigene Bettwäsche zu benutzen.

Dann kamen die Enkelkinder und sprangen ins Bett und unter die Decke und wollten, dass ich dazukomme. Das sind feine Menschen, die fremdeln mit mir überhaupt nicht so wie ich mit ihnen. Ich brauche bei anderen Leuten immer meine Zeit, bis ich in Gang komme, oft komme ich erst in Gang, wenn die anderen mein Haus – oder ich den Amtsschalter – schon verlassen haben.

Ich sagte zu den Kindern, euer Opa ist schon lange nicht mehr zum Spaß gehüpft, genaugenommen seit dem Jahr siebenundfünzig, wo er sich beim Hochsprung den Knöchel verdreht hat. Damals hätte ich den Toropainen geschlagen, das ist die Wahrheit. Aber dem Menschen ist halt oft nicht vergönnt, was er am liebsten hätte.

Irgendwann scheuchte ich die Kinder aus dem Zimmer und schüttelte das Kissen auf. Gut sah das Bett aus, aber kein bisschen nach meinem Bett. Die Wäsche muss nach mir riechen und nicht nach fremdem Waschmittel und Weichspüler, und auf meine Bettwäsche gehört auch kein Blumenmuster. Bettwäsche muss beim Gebrauch oder in der Mangel weich werden. Und was soll das eigentlich, dass die Jugend ihre Bettdecke in einen Beutel steckt? Haben die noch nie was von Ober- und Unterlaken gehört?

Ich habe über den Weichspüler nachgedacht. Pflegemittel nennen den die Menschen, die nicht wissen, wie man seine Sachen pflegt. Heutzutage werden keine Strümpfe mehr gestopft und keine Auspuffe und Röhrenradios mehr geflickt, immer wird gleich was Neues gekauft, und Sachen, die noch brauchbar sind, karren sie auf die Müllkippe. Die sollten sie mal lieber auf den Dachboden stellen, denn man weiß nie, wann man etwas gebrauchen kann, von dem man gar nicht mehr weiß, dass es noch existiert. Weichspüler ist etwas Gutes, das man nicht verdient hat, so wie Brennholzspalter, Mikrowellenherd und künstliche Gelenke.

Am liebsten hätte ich der Schwiegertochter gesagt, ich benutze ja auch meine eigenen Kleider und leihe mir keine von euch.

Mein Sohn wollte wissen, ob etwas nicht stimmt. Ich gab es nicht zu, aber trotzdem machte es mich irgendwie grantig. So empfindlich, wie er ist. Schon zu Schulzeiten war das ein Thema gewesen. Ich steckte ihn in ein Sommerlager und schickte ihn zum Baumstammflößen, aber es half alles nichts, die Haare wurden immer länger und eigene Gedanken musste er auch noch haben. Empfindlich ist er nach wie vor, wie der Henkel einer Porzellantasse.

Das Schlimmste ist, dass ich immer mehr genau so werde, auch wenn er der Letzte ist, dem ich das sage. Ihm werde ich garantiert nicht verraten, wie mir am ersten Advent morgens die Tränen kamen, als es so schön gleichmäßig geschneit hat.

Ich sagte, ich gehe schlafen. Lange Reise, langer Tag, gute Nacht.

Es war kurz nach sieben, ich konnte nicht einschlafen. Die Wände von dem Haus, in dem sie wohnen, sind aus Platten gemacht, die nicht viel dicker sind als Pappendeckel, darum hörte ich alles, was mein Sohn und meine Schwiegertochter redeten. Letztgenannte meinte, mir könnte man nur schwer etwas recht machen. Mein Sohn sagte, das könne er mit der Erfahrung von 44 Jahren bestätigen.

Aber das ist gar nicht nötig.

Mir etwas recht zu machen.

Man soll sich trauen, seine eigene Meinung zu haben und sich zu beschweren, wenn einen etwas ärgert. Ich will mein eigenes Bettzeug haben, aber ihre Aufgabe besteht darin, mich dazu zu zwingen, in ihrem zu schlafen.

P.S.: Der Schlaf kam nicht, also baute ich aus den Legosteinen im Kinderzimmer einen Bagger. Warum baut man echte Häuser nicht aus Legos anstatt aus Platten? Die könnte man dann genauso leicht umsetzen wie Blockhäuser, vorausgesetzt, man denkt daran, die Einzelteile zu nummerieren.

IST DER VOGEL EIN TIER?

Ich bin ja so grantig geworden, weil es Pute gegeben hat. Vom ersten Weihnachten meines Lebens bis zum letzten habe ich graugesalzenen Schinken mit Senf vertilgt. Der wird bei milder Hitze im Ofen überlang gegart, so dass er in Brocken vom Knochen fällt. Wenn man einen Schinken von dreizehn Kilo hat, weiß man eine Weile lang, was man sich aufs Brot legt.

Meine Schwiegertochter wollte wissen, wie es schmeckt.

Nach Pappendeckel, hätte ich gesagt, wenn ich was gesagt hätte. Ich wollte niemanden beleidigen, habe heutzutage aber auch keine Lust mehr zu lügen. Also redete ich drum herum, dass ich das Geflügel, das der Yrjänä geschossen und zubereitet hatte, immer gern gegessen hätte, Haselhuhn war es wohl meistens. Schmeckte mit der richtigen Soße fast nach Fleisch.

Mein Sohn erklärte, das wäre eine Bio-Pute, die ein

gutes Leben gehabt hätte, und wesentlich gesünder als Schweinefleisch.

Da musste ich schmunzeln.

Ich beugte mich zu meinem Sohn hinüber und flüsterte ihm ins Ohr, ich hätte mein eigenes Ferkel mitbringen sollen. Er prustete los und überlegte, ob man in so einer Etagenwohnung in der Stadt ein Ferkel halten könnte, wo sie doch sonst keine Haustiere hatten außer Fischen im Aquarium. Ich fragte mich, ob man nicht zum Beispiel einen Hecht ins Aquarium setzen könnte. Ansonsten hat so ein Glasbehälter doch keinen Sinn – aber mit Hecht vielleicht auch nicht.

Meine Schwiegertochter erklärte, das mit der Pute hätte sie noch aus ihrem Austauschjahr während des Studiums in Amerika, im Staat Mitschigen. Ist aus Amerika je etwas Gutes gekommen, außer dem Western *Der Mann aus Laramie* und dem Rasenmäher zum Draufsitzen?

Ich fragte sie, ob die Jugend deshalb Amerika nachahmt, weil es so groß ist. Diesem Irrtum erliegen die Menschen und die Völker oft. So wie ich. Ich ahmte meinen großen Bruder nach, bis ich zwölf wurde und begriff, dass jeder sein eigenes Leben führen muss. Man wird nicht wie der andere, auch wenn die Erbanlagen von denselben Menschen stammen, in unserem Fall von Aapeli und Marjatta. Ein bisschen traurig war es, das zu begreifen. Denn wenn mein Bruder beim Ringen und bei den Mädchen Erfolg hatte, musste das bei mir nicht unbedingt auch so sein.

Das mittlere meiner Enkelkinder verlangte statt Pute Würstchen. Es schaute erst mich und dann seine Mutter an, und fragte mich dann, ob das Würstchen ein Tier ist. Mehr als die Pute, sagte ich.

Die Schwiegertochter wurde so rot, dass ich Angst hatte, sie fängt gleich an zu weinen.

Tat sie aber nicht. Sie knurrte.

Ich bin ja so grantig geworden, weil ich sie grantig gemacht habe, obwohl ich nichts getan hatte. Obwohl ich sogar darauf geachtet hatte, dass mir keine falschen Sätze rausrutschen. Ich nahm mir noch zwei Scheiben und lobte sie. Ich sagte, wenn man viel Marmelade drauf tut, schmeckt es fast gar nicht mehr nach Pappendeckel.

Was ich noch alles nicht gesagt habe: Es fehlten die Salzkartoffeln. Die Aufläufe waren eindeutig fertig gekauft. Es fehlte das Dünnbier. Stattdessen wurde mit Weinflaschen hantiert. Es gab von den Weihnachtsliedern keine Versionen für Akkordeon.

P.S.: Manchen vergeht der Appetit, wenn sie grantig werden. Aber was hat das eine mit dem anderen zu tun? Hunger ist Hunger. Wenn man schlechte Laute mit etwas wegbekommt, dann indem man etwas aus Holz baut, zum Beispiel Schutzdächer. Aber das beste Mittel besteht darin, alle Missverständnisse und dummen Worte zu vergessen und den neuen Tag zu beginnen, als hätte es den gestrigen gar nicht gegeben. Und dem anderen zum Beispiel ein Butterbrot zu schmieren.

SELBSTGEMACHTE GESCHENKE

Ich bin ja so grantig geworden, als sie mir Weihnachtsgeschenke gegeben haben. Im Jahr siebenundachtzig hatte ich alle Sachen beisammen, nachdem Yrjänä mich verleitet hatte, einen Mikrowellenherd zu kaufen. Ich verstehe ja nicht, wie diese Strahlen etwas aufwärmen oder sogar garen können. Einmal vergaß ich den Silberlöffel in der Kaffeetasse, da gab es einen Schlag und ich war sofort erleichtert, dass ich gezwungenermaßen wieder zum Backofen zurückkehren durfte.

Mein Sohn gab mir ein Geschenk mit glänzendem Umschlag. Die Biographie eines Menschen aus der Politik. Ich versuchte, ein Lächeln hinzukriegen, auch wenn es so aussah, wie es gedacht war: wie eine Grimasse. Ich weiß wirklich nicht, warum ich mich dafür interessieren soll, was einer treibt, bloß weil er so alt ist wie ich. Ich sagte trotzdem danke und nickte. Die Schwiegertochter hatte sich über ihr Geschenk eindeutig lange Gedanken gemacht, mit Andacht und ein bisschen ängstlich, ob es das Richtige für mich ist. Im Papier fand ich eine Platte mit Akkordeonklassikern, und weil ich nicht aufpasste, rutschte mir prompt heraus: endlich mal das Richtige. Sie läuft auch jetzt beim Schreiben im Hintergrund, virtuose Versionen von all den Stücken, die von Bedeutung sind.

Meine Enkelkinder gaben mir der Reihe nach Selbstgemaltes und -gemachtes. War alles ein bisschen schief und mit zu viel Weiß auf dem Blatt, aber so etwas muss man einfach mögen. Die Rahmen dafür mache ich selbst.

Nachdem ich meine Geschenke bekommen hatte, seufzten alle vor Erleichterung auf und wir kamen zur Sache: zu ihren Geschenken. Ein bisschen machte mich die Art grantig, wie sie das Papier von den Päckchen rissen und es einfach in die Mülltüte stopften. Das kann man auch falten und aufheben. Weihnachten kommt immer wieder.

Ich machte da weiter, wo die Kinder aufgehört hatten. Mit Selbstgemachtem.

Für meinen Sohn eine Aschenschaufel. Er fand sie schön verpackt, fragte aber, ob ich nicht gewusst hätte, dass sie keinen Kamin haben. Das ist es ja gerade – ein Mann muss einen Kamin haben. Nicht die Abgasquote bewahrt uns vorm Weltuntergang, sondern der Wärme speichernde Kamin. Wegen Holz werden keine dubiosen Kriege in der Wüste geführt und der Holzpreis schwankt auch nicht wegen bloßer Dummheiten. Man muss lediglich zusehen, dass man ein bisschen Wald besitzt.

Mein Sohn bedankte sich, leicht beleidigt, aber immerhin.

Das Geschenk für die Schwiegertochter hatte ich mir lange überlegt, mit Andacht und ein bisschen ängstlich, ob es das Richtige für sie ist. Ich hab ihr einen anständigen Gutschein fürs Kaufhaus gegeben, mit einer Summe drauf, dass ihre Augen ein kleines bisschen größer wurden. Sie bedankte sich und lächelte, dass es fast ein Grinsen war.

Für die Kinder hatte ich Fuchsbonbons und Aktenmappen aus Holz. Darin lag die Quittung einer Überweisung, die nicht angetastet wird, bevor sie achtzehn sind. Sofern vorher kein begründeter Bedarf nach einem Fahrrad mit Gangschaltung oder einer privaten medizinischen Behandlung aufkommt. An Geschenke, die sie sich wünschen, erinnern sie sich bald nicht mehr, die werden einmal benutzt und dann liegen sie zwischen dem anderen Krempel herum.

P.S.: Die Holzmappe meiner Enkelin wurde noch am selben Abend zum Puppenhaus umfunktioniert. Mein Enkelsohn erklärte, er würde in seiner Mappe offizielle Dokumente und Erfindungen mit sich herumtragen.

HANNU TAANILA UND RINGO STARR

Ich bin ja so grantig geworden, als auf der Rückfahrt im Autoradio Jee-jee-Musik kam.

Nach dem Heiligabend lief es darauf hinaus, dass ich am ersten Feiertag heimwollte. Mein Sohn wollte mich aufhalten, von wegen, du wirst doch nicht schon gehen, wo doch auch noch so viel zu essen da ist. Die Schwiegertochter bezog keine Stellung, außer dass sie mir das Essen einpackte.

Ich verabschiedete mich von den Kindern. Ich muss sagen, dass es einen wehmütiger macht, kleine Menschen zu verlassen als erwachsene. Auch wenn die eigenen vier Wände locken, will man nicht von dem Grundbaumaterial der Kinder Abstand nehmen: von der Freude. Kinder haben nicht dieses Gebückte, das von den Pflichten und der Müdigkeit kommt. Für sie ist diese Welt jeden Tag neu, und sie haben keine

Angst vor ihr. Sie wollen was lernen und Sachen machen. Das Einzige, was sie stört, sind die Fragen der Erwachsenen, ist der Teller leer gegessen, hast du Pipi gemacht, bist du warm genug angezogen, und die Ermahnungen, wann sie spätestens daheim sein sollen.

Mein Sohn fuhr mich nach Hause. Bis Hyvinkää verlief die Fahrt angenehm, mit Kommentaren zum Wetter. Erst gab es Schneegestöber, dann nicht, dann doch wieder. Aber kurz vor Riihimäki schob er eine CD-Scheibe in den Apparat.

Früher hörten Männer, die 48 Jahre alt waren, im Radio Nachrichten, Wortprogramme, große Sportereignisse und den Seewetterbericht, aber keinen Krach. Die richtigen Radiostimmen gehörten den Korrespondenten in Washington und Moskau, Sportreportern wie Paavo Noponen und politischen Kommentatoren wie Hannu Taanila, die die richtige Meinung hatten und kein Blatt vor den Mund nahmen. Wenn heute auf meinem Sender dieser Quasselkopf Tapani Ripatti kommt, würde ich umschalten, wenn ich mehr ein Mensch wäre, der Abwechslung mag.

Den Taanila mochte ich, weil ich ihn hasste. Ich war bei jedem Thema anderer Meinung als er und habe mich ihm deswegen mehrmals brieflich genähert.

Ich glaube ja, dass auch Hannu Taanila oft grantig ist. Das ist insofern eine gute Lebensgewohnheit, weil es ein Mensch, der grantig wird, ernst meint und nicht bloß mit den Schultern zuckt. Mein Vater hat immer zu mir gesagt, man darf die Arbeit bleiben lassen und sich übers Essen beschweren, wenn man glaubt, dass man vom Heiligen Geist leben kann. Aber dann braucht man nicht abends vor der Speisekammer zu stehen und zu motzen.

Mein Sohn ist der Meinung, dass die Musik, die er hört, nicht die Jugend repräsentiert, sondern seine Generation. So wie ich in jungen Jahren Akkordeonmusik gehört hätte, würde er nun das hören.

Es ist aber unangemessen, ich würde sogar sagen unmöglich, einen Akkordeonspieler, der flinke Finger hat, mit einer Bande zu vergleichen, die ohne Strom keinen Ton aus ihren Instrumenten herausbringt. Der Unterschied ist so groß wie der zwischen einem Holzhaus-Zimmermann und einem, der die Motorsäge bedient. Der eine muss Auge und Ausdauer haben, der andere zieht einfach durch.

Mein Sohn ärgerte sich und holte die Scheibe per Knopfdruck wieder aus dem Apparat. Er zeigte mir, wie man die Sender durchgeht, damit ich mir was suchen konnte, was mir gefällt.

Ich sagte, ich entscheide mich für die Stille.

Ich sagte, am besten gefällt mir heutzutage meistens, einfach bloß zu gucken und mich zu erinnern.

Wir fuhren schweigend, und ich merkte, dass Stille zu zweit gar keine Stille ist, sondern Warten, dass der eine was sagt und man anschließend wieder kurz still sein darf. Vielleicht sind die Autoradios genau dafür entwickelt worden: damit der Raum zwischen den Menschen ausgefüllt wird.

Irgendwo bei Lempäälä fragte mich mein Sohn, woran ich mich denn so erinnere.

Ich dachte nach.

Ich konnte mich nicht erinnern.

P.S.: Ich hab im Lexikon nachgeschlagen. Bei The Beatles spielten Paul, John, George und Ringo mit. Lauter Leute mit völlig fremd klingenden Namen.

MITTEILUNG GESENDET

Ich bin ja so grantig geworden, als mein Sohn mir helfen wollte. Er hatte mir ein Telefon gekauft, das man in der Tasche mit sich herumtragen kann, damit er mich immer erreichen kann. Ich sagte, ich wüsste, was dieses Erreichen bedeutet. Dieselbe Bespitzelung, mit der man heutzutage den Kindern hinterher schnüffelt.

Ich befahl ihm, mir zuzuhören. Tatsache ist, dass Kinder nichts lernen, wenn die Eltern sie dauernd retten, überwachen und befragen. Wenn sie ihnen ständig im Nacken sitzen. Ein Kind muss diese Augenblicke haben, in denen es um ein Haar vom Dach fällt, in denen es in die Brennnesseln stürzt oder beim Nachbarn ein Fenster einwirft und erwischt wird und die Eltern für den Schaden aufkommen müssen, worauf es mindestens Hausarrest gibt, weil man heutzutage ja nicht mal mehr Ohrfeigen geben darf. Mindestens Kakaoverbot und den Fernseher raus aus dem eigenen Zimmer.

Mein Sohn wollte wissen, wieso ich über Kinder schwadroniere, wo er doch *mir* das Telefon gekauft hat, seinem Vater, einem alten Mann, um den er sich Sorgen macht. Ich sagte, was für Kinder gilt, gilt auch für mich. Er wollte wissen, ob ich vorhätte, beim Nachbarn die Fenster einzuwerfen, in die Brennnesseln zu stürzen und vom Dach zu fallen, und ob ich Hausarrest haben wollte.

Wie spitzfindig. Wo er das nur herhat?

Ich rede über größere Dinge, ich rede über das Recht auf Selbstbestimmung. Das habe ich und das gebe ich nicht her. Ich habe meine eigenen Wege und meine eigenen Beine, mit denen ich auf diesen Wegen gehe, da muss mir keiner sagen, dass ich wackelig oder zu langsam bin.

Wenn ihr mir was zu sagen habt – dort steht das Telefon, da könnt ihr anrufen. Ich will bei denen gar nicht so oft anrufen, weil das teuer wird und weil ich nie gelernt habe, wie man so ein Telefongespräch überhaupt anfängt, außer bei meiner Frau. Bei der konnte man auch einfach bloß ein- und ausatmen.

Mein Sohn hörte mir zu, kochte sogar Kaffee und trank ihn mit mir. Er fragte mich, ob ich will, dass er über Nacht bleibt, aber darauf musste ich nicht mal antworten.

Ich schaute vom Fenster aus zu, wie das Auto davonfuhr, wie es abbog und aus dem Blickfeld verschwand.

Am Himmel standen helle Sterne, und im Vatikan lief eine Messe. Das Telefon hatte mein Sohn auf dem Küchentisch liegen lassen.

Am Stephanstag machte ich mich mit der Gebrauchsanweisung vertraut. Da waren schon interessante Knöpfchen dran.

Neuerdings ruft mein Sohn jeden Tag an und schert sich nicht darum, ob ich zum Beispiel auf der Post bin oder im Holzschuppen, und dann fragt er mich, wo ich bin. Eine Zeitlang habe ich wahrheitsgemäß geantwortet, und dann hat immer dasselbe Gerede angefangen, von wegen, ich soll dort nicht sein und da nicht sein, sondern mich zu Hause an Ort und Stelle ausruhen und an die wesentlichen Dinge denken, wie an den Blutdruck, die Hüftgelenke und die Atemorgane.

Ich löse das inzwischen immer, indem ich ihm sage, ich sehe gerade fern und esse ein Brot. Damit kommt man durch. Wenn das nicht reicht, dichte ich was dazu, zum Beispiel, wie gut das Essen auf Rädern schmeckt und dass genug von diesen kleinen, schrumpeligen Karotten mit dabei sind.

Ich muss nur aufpassen, dass ich nicht gleichzeitig Holz hacke oder die Regenrinnen putze. Und dass ich an den Straßenrand fahre, wenn ich mit dem Tretschlitten unterwegs bin.

P.S.: Das Beste an diesem Telefon sind die Textmitteilungen und die Auskunft. Ich erkundige mich nach Nummern und schicke Mitteilungen hin. Wenn die Nummer geheim ist, versuche ich, sie durch Kombinieren rauszubekommen. So habe ich mich schon dem Nachrichtensprecher Arvi Lind, dem ehemaligen Präsidenten Mauno Koivisto und seiner Frau Tellervo und dem ehemaligen Skilanglauf-Cheftrainer genähert, wie heißt er noch schnell ... Kyrö.

NEUJAHRS-SPRINGEN

Ich bin ja so grantig geworden, weil sie die Übertragungen vom Skispringen zeitlich begrenzt haben. Die kommen jetzt auf einem Werbesender, es ist immer die gleiche Menge an Springern dabei, und die äußeren Verhältnisse werden schwer herausgeputzt. Blinkende Lichter, Hintergrundkrach und Springerinterviews.

Alles falsch.

Das Neujahrsspringen in Garmisch-Partenkirchen muss vier bis acht Stunden dauern, wie noch in den 80er Jahren, zu den Zeiten von Nykänen und Puikkonen, ganz zu schweigen von den 50er Jahren, als alles außer den Aufwärmübungen besser war.

Zuerst muss eine nationale Gruppe von der Schanze kommen, also an die dreißig Burschen aus Österreich oder Deutschland, und erst dann geht der eigentliche Wettbewerb los. Nach dem ersten Durchgang gibt es eine Pause von unbestimmter Länge, in der das Fernsehen eine beliebige Überbrückung sendet, meinetwegen einen Naturfilm, Bürgerinformationen oder eben nur vierzig Minuten lang die leere Schanze. In der Zeit kann man den Braten fertigmachen oder aufs Klo gehen.

In den besten Zeiten war Skispringen als Sport eine klare Angelegenheit und so langsam, dass es sogar meine Frau gern gesehen hat, auch wenn ihr die Schnauzer der Springer nicht gefallen haben. Sie strickte oder telefonierte mit ihrer Schwester wie immer und fragte am Hörer vorbei, wie viele noch, bis der nächste Finne kommt. Springt der Hyvärinen, ist Pentti Kokkonen schon gesprungen? Und wenn sie dann gesprungen sind, hat sie sich vor lauter Spannung nicht getraut, hinzugucken. Doch, die alten Winter fehlen mir schon.

Die Informationen, die sie zu jedem Sprung auf dem Fernsehschirm zeigen, sind ebenfalls zu gut. Das einzig Wahre ist es, sich die Resultate selbst zu notieren, die Zwischenzeiten und Sprungbewertungen, plus seinen Kommentar dazuzuschreiben, dass die Japaner sich mutig nach vorne lehnen und dass der Pole am weichsten landet. Aber jetzt steht ständig in einer Ecke klein die Situation in Echtzeit, außerdem gibt es Windmesser und verschiedenfarbige Striche im Schnee. Man selbst sitzt nur noch blöde im Schaukelstuhl und fragt sich, ob die Springer überhaupt was zu essen kriegen. Bei den Interviews sind die so wortkarg, dass man das Gefühl hat, sie werden hungrig gehalten.

Heutzutage macht der Wind jeden Wettkampf kaputt, wenn er nicht schon wegen zu wenig Schnee kaputtgemacht worden ist. Da sitzen die jungen Burschen auf der Stange und dürfen nicht starten, weil es unten angeblich so stark bläst, und das ist dann unfair gegenüber den anderen.

Die Lösung dafür wäre eine Verbesserung der Ausrüstung. Sind die in der Jury eigentlich dumm, oder ist denen bloß zu kalt? Man sollte einfach allen Teilnehmern Zehn-Kilo-Skier an die Füße schnallen, dann gewinnt garantiert der mit dem besten Absprung, und der Wind zerrt ihn auch nicht hin und her. Zurück zu der alten Ausrüstung mit Pluderhosen, Wollpullover und Hemd, dann ist Schluss mit der Anzugskasperei! Das soll schließlich Springen sein und keine Schwebewettbewerbe.

Und die Mindestgrenze beim Körpergewicht hoch auf fünfundachtzig Kilo, dann wird das wieder eine Disziplin für mutige Männer und nicht bloß für tollkühne Bürschchen! Einen Helm dürften sie von mir aus aufbehalten, aber es wäre nicht Pflicht, für den Fall, dass es einer bloß mit Mütze angenehmer findet.

P.S.: Ich habe eine Mitteilung an Trainer Matti Pulli und Kommentator Pentti Salmi geschickt. Habe ihnen befohlen, sofort wieder ihre Berufe aufzunehmen, bevor die Jungen die großartige Disziplin samt Sendeprinzipien kaputtmachen.

HÄNDE

Ich bin ja so froh geworden, als ich am Grab stand. Ich brachte Yrjänä wie immer eine Flasche Branntwein mit, so wie wir es drei Wochen vor seinem Ableben vereinbart hatten. Aber die verschwinden jedes Mal, und ich habe den Küster im Verdacht. Aber Abmachung ist Abmachung, und ich bin ein Mann, der zu seinen Abmachungen steht.

Am Grab habe ich mit dem Yrjänä über die Ereignisse der letzten Zeit geredet und ihm von Jukka Keskisalos hervorragender Sommersaison über 3000 Meter Hindernis erzählt, bei dem mir die Ausdauerläufe der 70er Jahre wieder in den Sinn gekommen waren, weißt du noch, Yrjänä, wie wir vor Ort den Julia Väätäinen gesehen und uns über seine Koteletten gewundert haben? Ich erzählte ihm, wie das Wetter gewesen ist, also so wie immer, also alles Mögliche. Ich sagte, dass ich es weiterhin mit meinem Sohn nicht in einem Raum aushalte, aber das kommt wohl daher, dass er mir mit zunehmendem Alter immer ähnlicher wird. Vom Verlust des Führerscheins habe ich Yrjänä nichts erzählt, dafür schäme ich mich zu sehr, und außerdem könnte Yrjänä wegen so etwas leicht grantig werden. Er hat die Sorgen anderer immer stark miterlebt, er war eben ein feiner Mensch.

Auf dem Friedhof brannte eine schöne Reihe Kerzen, in der Kirche hätte es einen Neujahrsgottesdienst gegeben, aber ich bin nicht rein. Das war die Hintergrundmusik für mich, und ein paar Eichhörnchen kletterten den Stamm hinauf und sprangen von einem Baum zum anderen.

Vom Kirchhof aus fuhr ich mit dem Taxi weiter zu meiner Frau ins Tannenheim. Ich fütterte sie mit Weihnachtsbrei. Sie hätte die Mandel gekriegt, aber ich versteckte sie, wegen der überflüssigen Nummer, dass man was singen muss, wenn man die Mandel kriegt. Meine Frau kann nicht mehr viele Lieder anstimmen, und ich singe und tanze nicht. Ich kenne meine Grenzen und würde mir wünschen, andere würden ihre auch kennen.

Ich wischte ihr den Mund ab, strich ihr die Haare aus dem Gesicht hinter die Ohren und streichelte ihr schnell die Wange. Dann schaute ich ihr so lange in die Augen, bis ich darin die Kraft fand, die darin gelegen hatte, als unser mittleres Kind an Lungenentzündung zu sterben drohte. Ich hatte schon aufgegeben, aber meine Frau sagte, wir müssen stark sein, wenn der andere schwach ist. Wie lange ist das schon her? Schrecklich viele Jahrzehnte, das Kind arbeitet inzwischen in Belgien und schickt an Weihnachten eine Karte. Ich hätte ihm wohl irgendwann mal sagen müssen, wie sehr ich Angst hatte, dass uns ein Mensch genommen wird, den ich noch gar nicht hatte kennenlernen können.

Ich betrachtete die Hände meiner Frau, die nur noch Haut und Knochen waren, deren Druck aber schon immer unverhältnismäßig fest für ihre Größe gewesen ist. Dieser Strom von Wärme, der von ihnen ausging! Und wie sie bei mir das Schloss geöffnet haben! Und was haben diese Hände nicht alles gehalten! Jetzt hielt ich sie.

Im Fernsehen kamen irgendwelche Bilder, ich weiß nicht, was für welche.

Ich schob meine Frau mit dem Rollstuhl ein paar Meter vor den Bildschirm und setzte mich daneben. So saßen wir samstags immer nach der Sauna da, schauten uns *Der Alte*, *Derrick* oder die Wahlsendung an.

Vom Leben bleibt einem nichts und man kann nichts daraus mitnehmen. Wenn man das begreift, steigt der Wert auch dieser gewöhnlichen Minute gewaltig, sage ich euch. Aber ein Mann kann nicht mehr tun, als er tun kann.

Schließlich schlief meine Frau im Rollstuhl ein, und ich brachte sie in ihr Zimmer. Eines von den Mädchen half mir, sie ins Bett zu legen, die erkundigen sich immer freundlich nach meinem Leben und wie es mir geht. Ich sagte, mein Führerschein ist weg und mein Sohn mag The Beatles, und was für ein Jahr haben wir eigentlich jetzt?

INHALT